나만

|

이러고 사는 건
아니겠지

나만 ___ 이러고 사는 건 아니겠지

들키고 싶지
않은 것들의
고백

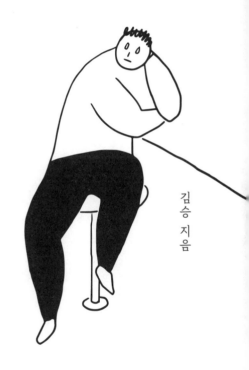

김승 지음

꿈꾸는인생

들키고 싶지
않은 것들의
고백

2019년은 내 삶에서 가장 힘든 한 해였다. 기대 반 걱정 반
으로 시작한 프리랜서 생활이 걱정만으로 가득해지기까지
는 그리 오래 걸리지 않았다. 들어오는 일은 별로 없고, 주
머니 사정에 비해 돈이 나갈 일은 많았다. 글쓰기가 아닌
다른 일을 할까 하다가도, 그럴 거면 왜 퇴사를 했을까 하
는 미련한 고민을 이어 나갔다. 손톱만큼의 불행이 찾아와
도 지구만큼 거대한 걱정을 만들어 내는 재능이 있는 내게,
2019년은 불안으로 가득한 해였다.

　손에 잡히는 결과물이라도 있으면 조금은 위로가 될까
싶어서 글을 썼다. 썼던 글을 묶어서 『삶이 무너져요, 그런
데 왜 아름답죠?』라는 제목으로 독립 출간했다. 당시 내 심

나만 이러고 사는 건 아니겠지

경을 대변하듯, 책의 구성은 삶이 무너지는 내용이 90%이고 아름다운 내용은 10% 정도에 불과한 불균형을 자랑했다. 이 책은 그 글에서 시작됐다. 출판사와 함께 기존 원고를 고치는 과정을 거치며 새로운 글이 합해졌지만, 여전히 밝은 내용은 그리 많지 않다.

글의 내용이 어둡게 보일지라도, 그 모든 순간에 내가 꿈꾼 건 아름다운 삶이다. 아름다움을 꿈꾸기에, 눈앞의 아름답지 못한 삶을 보며 불행하다고 느낄 수밖에 없었다. 내가 잘난 사람이고, 장점이 많은 사람이었다면 그런 부분을 자랑하는 글을 썼을 거다. 애석하게도 나의 하루는 많은 불안으로 이뤄졌고, 글감이라고는 나의 치부들뿐이다. 책을 내게 된 지금 이 순간, 내가 믿을 수 있는 것도 결국 나의 약하고 부족한 부분들뿐이다. 잘나고 멋진 부분은 누구나 가질 수 있는 게 아니지만, 누구나 약하고 부족한 부분은 가지고 있으니 이 글을 공감해 줄지도 모른다는 희망을 품어 본다.

자신의 약한 부분을 공감받고 싶은 마음이 누구에게나 있다고 믿는다. 그 마음에 닿기를 바라면서 들키고 싶지 않은 것들을 고백해 보았다. 나 또한 그런 고백들 앞에 위로받았던 순간을 떠올려 보며, 이 글이 누군가에게 위로가 되기를 바란다.

나만 이러고 사는 건 아니겠지

2 여전히 어려운 게 많은 어른 ──────

1 _____ 무너진 자리에
머문다는 것

아버지를 견뎌 냈으니 웬만한 사람은
견딜 수 있을 줄 알았는데,
견디는 것은 근육처럼 견고해지는
개념이 아니었다.

상사의 친구를
집에 데려다주는
새벽

부모님께 내가 다니는 회사에 대해 자세히 말한 적이 없다. 말한다고 바뀌는 건 없으니까. 부모님은 내가 왜 프리랜서가 되었는지 의아할 거고, 대기업에 가서도 잘할 것 같은 애가 왜 저럴까 싶을 거다. 부모 눈에 자식은 늘 잘난 놈이다.

회사에서 좋은 경험을 많이 못 해 본 게, 프리랜서로 전향한 가장 큰 이유다. 첫 회사에서는 야근이 당연했다. 일주일에 70시간 정도 일하는 걸 훈장처럼 여겼다. 늘 막차가 끊긴 뒤에 퇴근했으므로, 퇴근 교통수단은 택시였다. 선릉역 근처에서 다른 이들과 경쟁하듯 택시를 기다리는 날이 많았다.

나만 이러고 사는 건 아니겠지

택시가 안 잡혀서 성수대교까지 걸어간 날도 있다. 지금 이야기하려는 그날도 새벽에 택시를 탔다.

성수대교를 절반쯤 건넜을 때 전화가 걸려 온다. 발신자의 이름을 확인하지 않아도 누군지 알 수 있다. 내가 모시는 팀장이다. '모신다'는 표현은 과장이 아니다.

"진짜 미안한데 나 좀 도와줄 수 있어? 남편이랑 다 연락이 안 돼서 그런데 괜찮으면 청담 쪽으로 좀 와 주라."

거절은 내게 없는 선택지다. 업무가 하나 늘어났다고 생각하니 졸음이 달아난다.

"기사님, 죄송한데 유턴 좀 해 주세요."

청담동을 지나서 간 적은 있지만, 뚜렷한 목적을 가지고 청담동에 간 건 처음이다. 내가 보게 될 풍경이 청담동의 인상이 될 거다. 팀장이 보내 준 주소로 가 보니 고급스러운 술집이다. 카운터에 서 있는 연예인처럼 잘생긴 남자에게 팀장의 인상착의를 말하고 어디에 있는지 묻는다.

남자가 말해 준 방 안에 들어가니 팀장이 보인다. 테이블에는 예쁜 술병이 많다. 태어나서 처음 보는 술병들이다. 팀장 덕분에 많은 걸 새롭게 알아 간다. 스탠딩 마이크도 있다.

조금만 일찍 왔으면 팀장이 노래하는 걸 봤을 수도 있다. 내가 탬버린을 쳤어야 했나.

팀장을 만족시키려면 무언가를 시키기 전에 알아서 미리 해야 한다. 번번이 실패하지만 일단 시도한다. 다행히도 이번엔 내가 할 일이 명확해 보인다. 방 한쪽에서 자는 저 사람을 목적지까지 데려다주는 것. 저렇게까지 취하려면 얼마나 많은 술을 마셔야 할까. 취하기까지 얼마나 즐거웠을까. 조금 전까지 했던 업무들이 떠오른다. 팀장은 이곳에서 술을 마시고 노래를 하면서도 중간중간 내가 일을 잘하고 있는지 연락을 한 거다. 한 번에 두 가지 일을 하는 사람이 부럽다.

팀장은 나의 임무를 자신의 입으로 공표한다. 게임 속 퀘스트를 수행하는 캐릭터처럼, 이제 이 일만 해결하면 집으로 돌아갈 수 있다. 해결하지 못하면, 돌아갈 수 없다. 통성명도 없이 내 등에 업힌 사람은 내게 계속 알아들을 수 없는 말을 한다. 세상에는 모른 척하려고 해도 귀에 쏙쏙 박히는 못난 단어들이 존재한다. 길에서 꽤 오랜 시간을 보내다가 겨우 택시를 잡는다. 택시를 잡기 힘든 건 청담도 마찬가지다.

방금까지 있던 청담동 술집보다 더 고급스러워 보이는 곳에 택시가 멈춘다. 이런 곳에 사는 사람이 있구나. 매달 주

나만 이러고 사는 건 아니겠지

택청약통장에 2만 원씩 넣고 있는 내게, 이런 집은 구경하는 것조차 비용이 들 것 같다. 내가 업고 있는 사람은 이곳에서 어떤 삶을 살고 있을까. 비싼 술을 먹고, 모르는 이의 등에 업혀서 집에 오는 게 낯선 일은 아닐 것 같다. 이런 사람과 친구로 지내는 팀장도 나와는 다른 사람인데, 함께 일을 하고 있다. 너무 달라서 나를 혼내는 게 아닐까. 내가 이런 집에 살고, 청담동에서 술을 마실 수 있는 사람이라면 나를 칭찬해 줬을까.

취한 사람을 집에 무사히 데려다주면서 나의 임무는 끝이 났다. 상사는 고맙다며, 택시비로 5만 원짜리를 한 장 준다. 집까지 2만 원 정도 나올 테니 3만 원이 이번 임무의 보상이다. 주택청약통장에 넣을 돈과 편의점 도시락 두 개를 사먹을 돈이 생겼다. 야근 수당이 안 나오는 회사이므로, 새벽에 가성비 좋은 아르바이트를 한 기분이다. 이 일에 대해서 회사에 말하지 않아야 한다는 것쯤은 알고 있다. 팀장 덕분에 그 정도 눈치는 생겼다.

팀장이 호출한 택시를 기다릴 동안 팀장의 이야기를 듣는다. 팀장이 욕을 하면 내 의지와 상관없이 맞장구를 치며 같이 욕을 한다. 속상하시겠어요, 힘드시겠네요, 그 사람 진짜 나쁜 사람이죠. 내가 어떻게 팀장을 두려워하게 됐는지 설명하려면 그곳에서 근무한 기간보다 더 긴 시간이 필요하다. 회사에 CCTV가 설치되어 있으면 좋았을 텐데.

팀장이 떠난 뒤, 내가 타고 갈 택시를 부른다. 몇 시간 전에 성수대교에서 유턴했던 택시를 타게 된다면, 다시 성수대교를 넘게 된 사연을 변명하듯 말해야 하나. 차 안에서, 내일, 아니 몇 시간 후의 내 모습을 생각한다. 눈 뜨자마자 회사 메신저를 확인하고 출근 준비를 한다. 회사에서는 마치 매일 할당량이 있기라도 한 것처럼 팀장에게 혼이 난다. 지난주에는 회사 근처 카페에서 너무 큰 소리로 혼나서, 앞으로 그 카페는 못 갈 것 같다. 내게 서류를 던지는 모습까지는 못 봤으면 좋겠는데, 이미 본 것 같다. 정시에 퇴근한 팀장이 남겨 둔 업무를 새벽까지 처리하고, 새벽에도 카톡이 올까 봐 긴장하며 잠이 든다.

업무에 대한 권리는 없지만 책임은 져야 하고, 처음 하는 일이지만 완벽하게 해내지 못하면 비난을 받는다. 팀장은 자신의 실수에는 관대하지만 내가 저지른 실수에는 폭언을 퍼붓고, 똑같은 아이디어도 내가 말하면 한 귀로 흘리고, 대표가 흘리듯 말하면 주워 담아서 실행에 옮긴다. 팀장은 그런

나만 이러고 사는 건 아니겠지

사람이다.

새벽에 성수대교를 두 번 넘은 건 처음이었다. 그날 낮에 점심을 먹으러 가는 길에 신호등을 기다리면서 "죽지 않을 정도의 교통사고가 나서 좀 쉬고 싶다"고 농담처럼 말했다. 풀린 눈으로 입만 웃으며 하는 이야기가 남들 눈에 그저 농담처럼 보였을까. 그냥 구해 달라고 노골적으로 말했다면 어땠을까. 내가 아이였을 때, 성수대교가 무너지는 일이 있었다. 튼튼한 다리가 무너질 거라고 누가 예상이나 했을까. 나는 내 삶이 이런 식으로 무너질 거라고 예상한 적이 없다. 그래서 넌 왜 이렇게 무너졌냐고 묻는다면, 대답할 말이 없다.

일을 마치고 집에 들어왔는데 새벽인, 이걸 하루의 끝이라고 불러야 할지 또 다른 하루의 시작이라고 불러야 할지 알 수 없는 날들이었다. 고된 하루가 끝나고 희망찬 하루가 시작되면 좋았을 텐데, 고된 삶이 연달아서 진행되는 가운데 죽지 않을 만큼의 휴식이 주어졌다. 입사 초에 회사생활에 들떠서 동생에게 자랑하듯 말하는 것도 며칠을 넘지 못했다. 산송장처럼 집과 회사를 오갔다.

며칠 뒤, 용기를 내어 회사 사람과 면담을 했다. 어디서부터 이야기를 해야 할지 몰라서 그동안 있었던 몇 가지 일들을 말했다. 새벽에 청담동에 불려 간 일은 말하지 않았다. 말을 하면서 생각했다. 살면서 한 번도 약자였던 적이 없는 이 사람에게 과연 내 이야기가 닿을까. 멍청하게 당하기만 하는 이의 사연이 자신과 상관없는 세계의 이야기로 들리지 않을까. 권위에 짓눌려서 저항하는 법을 잊은, 노예 같은 상태의 내가 제대로 내 이야기를 전할 수나 있을까.

"성인 대 성인인데 왜 그 사람 말을 듣고만 있어요?"

몇 년간의 직장생활 후에 프리랜서가 됐다. 새벽에 청담동으로 오라고 했던 상사 이후에도 이상한 상사들을 만났다. 내가 이상한 사람이어서 이런 일이 생기는 걸까. 힘들어서 도망쳤냐고 묻는다면 고개를 끄덕일 거다. 난 이상한 사람이 아니라 도망친 사람이다.

상사의 친구를 데려다주는 새벽은 내 미래를 걱정하는 새벽으로 바뀌었다. 그때나 지금이나 걱정이 많고, 하루의 끝에 집이 있는 것은 똑같다. 그리고 집에는 가족이 있다. 도망쳐 나와서 마주한 가족이 마냥 편하지만은 않다. 낮아진 자존감으로 마주한 가족은 분명 다르게 느껴진다. 내 삶에서 첫 번째 악역을 맡은 아버지와도 함께 오랜 시간을 보내는 중이다. 가족 덕분에 버텼다고 훈훈한 이야기를 하면 좋겠지만, 변함없는 게 가족뿐이라서 여태껏 붙어 있는 게 아니겠냐고 말한다.

나는 요즘
가족이랑
지내

"요즘 어떻게 지내?"

지인과 만나면 으레 묻는 말이다. 솔직히 말하자면 요즘
은 안부를 주고받는 게 부담스럽다. 대화거리가 될 만한 특
별한 사건이 없기 때문이다.

"나는 요즘 가족이랑 지내."

내가 할 수 있는 말은 이 정도다. 직장을 계속 다녔다면
"매일 야근이야, 죽겠어", "팀이 바뀌었어", "연봉협상 망했어"
같은 말을 하지 않았을까. 프리랜서가 된 이후로는 일과 여
가가 분리되지 않아 놀 때도 일하는 기분이 든다. 그러다 보

나만 이러고 사는 건 아니겠지

니 무엇인가를 특별하다고 느끼기도 힘들다. 출퇴근이 사라지고 주로 집에서 일하는데, 마침 정년퇴직한 아버지와 전업주부인 엄마, 준비하던 시험이 끝난 동생까지 함께 지내게 됐다.

남들 보기에 무척이나 단조로운 이 일상이 사실 내게는 큰 사건이다. 내가 상상한 나의 30대가 이런 모습이 아니었기 때문이다. 대학과 군대는 늦게 갔어도 취업은 늦지 않았다고 생각했는데, 서른한 살에 회사를 나왔다. 가족들 또한 내가 30대 초반에 이러고 있을 거라고는 예상 못 했을 거다. 효도 관광을 보내 주는 아들, 대기업에 다니다가 결혼하는 아들, 매달 용돈을 주는 형 정도를 상상했겠지. 이러한 상상을 현실로 만들 만한 재주가 없는 관계로 집구석에서 컴퓨터 자판만 두드리고 있다.

가족끼리 집에 있으면 '침묵의 007게임'을 하는 기분이다. 서로 조용히 눈치만 보며 이 게임이 끝나기를 기다린다. 차례로 '공', '공', '칠', '빵'을 지목하고, 누구 한 사람이 틀린다고 해서 끝날 게임이 아니다. 이 게임은 내가 박차고 나가야 끝이 난다. 부모님은 아들놈이 뭔가 하고는 있는데 묻기는 좀 그런 상태라고 판단했을 거다. 엄마가 카카오스토리에 올렸을 때 주변 지인들이 '멋진 아들 뒀네'라고 댓글을 달아 줄 만한 아들이 되어야 할 텐데, 애석하게도 먼 이야기로 보인다.

내가 이직 준비를 하는 줄 아는 아버지에게, 생신 때 "프리랜서지만 밥값은 하고 삽니다"라고 편지에 적어서 드렸다. 취업 후에는 부모님 생신 때마다 용돈을 챙겨 드렸는데, 부모님은 그게 끊기지 않았다는 사실에 안도하고 있을 거다. '이놈이 그래도 돈을 벌긴 버나 봐?' 50만 원을 드릴지, 30만 원을 드릴지 고민하다가 후자를 택한 건 현명한 선택이었다.

직장에 들어가자마자 꾸준히 했던 또 하나의 일은 '명절 때마다 여행 가기'다. 나는 앞으로 집안 행사에서 없는 사람이라는 걸 학습시키고 싶었다. 그러나 몇 년 지나지 않아 아들놈은 온종일 집에 있게 된다. 아버지 집에 얹혀사는 세입자로서, 다이어트도 할 겸 집에 있는 밥과 김치를 최대한 조금 소비하려고 노력 중이다. 요리, 청소, 설거지 등의 집안일은 되도록 티를 내면서 한다. 집안에 도움이 되는 세입자라는 걸 꾸준히 어필할 필요가 있다.

또다시 명절이 찾아올 거다. 명절은 성수기라 비행기 표가 비싸다. 프리랜서에게 성수기 여행은 현명하지 못한 선택이기에 집에 있을 예정이다. 그동안 갈고닦은 언어들로 명

나만 이러고 사는 건 아니겠지

절에 내가 얼마나 바쁜지에 대해 과장 반, 허구 반으로 구성해서 어떻게든 친척 모임을 피할 거다. 친척들에게 프리랜서 선언을 하는 건 잔소리 폭격을 허용하는 것과 다름없기에, 회피를 통해 나를 지킬 거다.

명절이 되면 연락이 뜸했던 이들에게 안부 문자가 올 것을 안다. 가족들은 친척 집에 가고, 나는 집에서 컵라면을 끓여 먹으면서 그들에게 답장할 거다.

"나는 요즘 가족이랑 지내."

나쁘지
않다

내가 싫어하는 것들로부터 가까스로 도망쳤는데, 굳이 다시 그곳으로 가야 할까. 지옥철을 최대한 피하고, 마주치고 싶지 않은 인연과 자연스럽게 소원해지고, 내 빠른 말을 이해해 줄 수 있는 이들을 만나며 살면 되지 않을까.

나만 이러고 사는 건 아니겠지

30만 원짜리
에디터

"에디터님, 원고료는 이전이랑 똑같아요. 푼돈이긴 한데 그래도 잘 부탁드려요."

푼돈이 입금됐다. 누군가의 푼돈은 내 생활비다. 푼돈을 오래 벌고 싶어서 영양제도 몇 개 주문했다. 이번 달에는 친구를 만나서 밥을 살 수 있을 것 같고, 동생과 배달 음식도 시켜 먹을 수 있다. 가성비 좋은 식당을 찾고, 특정 날에 나눠 주는 배달 음식 할인쿠폰을 주시하는 건 필수다. 어디 가서 이런 소리를 하면 없어 보이지만, 이게 내 현실이다.

"에디터로 일하고 있어요."

누군가를 처음 만났을 때, 나를 소개하며 하는 말이다. 고정적인 일은 없지만 '반고정'에 가까운 일은 있고, 그 일을 하면서 최소한으로 버는 돈이 30만 원이다. 나는 에디터라는 '있어 보이는' 직업을 30만 원에 대여 중이다. 어디 가서 에디터라고 했을 때 부여될 환상(듣는 이가 아니라, 말하는 나를 만족시키기 위한 것인지도 모른다)에 대한 유지비가 30만 원인 셈이다.

사실 사람들은 에디터가 무슨 일을 하는지 잘 모른다. 간혹 에디터 직군에 대해 아는 이들은 좀 더 깊게 물어본다. 소속된 회사를 물으면 "프리랜서"라고 답한다. 이름 있는 잡지나 출판사 등을 떠올렸을 이들의 표정이 미세하게 움직인다. 그 순간, 눈앞에 있는 이들이 나의 평판에 영향을 줄 클라이언트처럼 보인다. 평판도 없고, 클라이언트도 없지만 있어 보이고 싶은 마음은 쉽게 사라지지 않는다.

"요즘은 제 글을 쓰려고 노력하고 있어요."

집요하게 클라이언트 목록을 묻는 이들에게 태연한 척 말한다. 노골적으로 말하자면, 최근에는 일이 없다. 30만 원에 대여한 '에디터'라는 이름이 무색할 만큼, 딱 그 값만큼의 일만 들어온다. 그러나 있어 보이는 걸 포기할 수는 없어서,

나만 이러고 사는 건 아니겠지

내가 맡았던 가장 크고 유명한 클라이언트를 말한다. 마치 그들과 매번 작업하기라도 하듯. 사실 그들과는 몇 번 작업해 본 적이 없고, 그들은 아마 내 이름도 잊었을 거다.

30만 원을 위해서 뭔가 쓴다. 글의 끝에 내 이름이 찍혀서 나간다. 내 이름을 걸고 쓰는 글이기에 악착같이 쓴다. 들이는 시간에 비해 받는 돈은 적은 편이므로, 대충 쓰고 다른 외주 일을 찾아보는 게 효율적일지도 모른다. '미련한 짓을 하고 있는 걸까.' 이런 생각이 들기 시작하면 아무것도 쓰고 싶지 않다. 매달 수입이 이 정도라면 영양제 살 돈도 없다. 아니, 영양제는 애초에 사치였다. 영양제의 효능에 대해 검색하고, 영양제가 쓸모없다는 기사 링크를 동생에게 보낸다. 영양제를 그만 살 명분에 동의를 얻기 위한 행동이다. 동생의 답장을 기다리면서, 일을 늘리거나 차라리 다시 회사로 돌아가는 게 맞는 게 아닐까 고민한다.

명함도, 소속도 없지만 나는 에디터다. 어디서 일하냐고 물으면 프리랜서라고 답한다. 월수입을 물으면 건당 받는다고 하고, 집요하게 물으면 했던 일 중에 가장 작업비가 높았던 것을 정기적인 수입인 것처럼 말한다. 풀어 놓으면 참 없어 보이는데 압축해서 던지면 있어 보이는 직업이라서, 오늘도 답한다. 나는 에디터다. 푼돈을 생활비로 쓰면서 '있어 보이는' 데 힘을 쓰는, 나는 에디터다.

아무리
느린 영화여도
2배속 하지 않는

영화 글을 연재 중인데 간혹 마감에 임박해서 급하게 영화를 볼 때가 있다. 그럴 때면 '2배속으로 영화를 볼까' 하는 유혹이 찾아온다. 러닝타임도 긴데 호흡마저 느린 영화를 보는 건 꽤나 지구력이 필요한 일이다.

속도감 있는 편집이 늘고, 긴 러닝타임의 영상은 점점 사라지고 있다. 키보드에서 버튼 하나만 눌러도 영화의 장면은 금세 넘어간다. 그런데 바로 그 장면과 장면 사이의 몇 초를 가지고 감독은 몇 날 며칠을 고민했을지도 모른다. 감독이 고심 끝에 만든 세계가, 그 세계의 속도와 리듬이 관객의 클

릭 한 번으로 무너지는 거다.

롱 테이크로 유명한 영화들이 있다. 이런 영화들은, 보다 보면 영화 속 시간의 흐름 안으로 들어가게 된다. 그런데 이 영화들을 2배속을 하거나 빨리 넘기면서 본다면, 과연 그 장면을, 그 영화를 제대로 봤다고 할 수 있을까. 나무를 5분 동안 보여 준다는 걸 확인하고 넘겨 버리는 것과 나무를 5분 동안 바라보는 건 완전히 다른 경험이다.

허우 샤오시엔 감독의 최근작 <자객 섭은낭>은 무협영화임에도 불구하고 느린 호흡을 자랑한다. 칼로 싸우는 장면 대신 칼을 들고 싸워야 하는 이유에 대해 사유하는 영화이다. 솔직히 말하자면 내 기준에서는 많이 정적으로 느껴지는 영화였다. 감독은 인터뷰를 통해 말한 적이 있다. 자신에게 있어서 영화는 세상에 대한 예의라고. 지긋이 현상과 세상을 바라보는 영화를 만들어 온 감독이기에 할 수 있는 말이라고 생각한다.

가끔 유혹은 찾아오지만 영화를 2배속으로 보는 일은 내 삶에 없을 거다. 나는 영화가 사람처럼 느껴지기 때문이다. 누군가의 속도가 느리다고 보챌 수 없고, 빠르다고 붙잡을 수도 없다. 그저 바라볼 뿐이다. 그 사람의 속도와 리듬을 있는 그대로 바라보는 건 사람과 사람 사이의 가장 기본적인 예의다.

나는 내가 모르는 세상을 영화를 통해 배운다고 믿는다. 그러므로 내 속도와 맞지 않는다고 해서 그 세계의 속도를 임의로 조정하지 않는다. 그저 그 속도를 경험해 본다. 앞으로도 많은 영화를 보고, 많은 세계를 경험하게 될 거다. 영화의 속도를 존중하면서 어떤 사람, 어떤 세계의 속도를 존중하는 법을 배운다는 믿음으로, 아주 천천히 흐르는 영화를 응시한다. 내 삶의 아주 느린 순간을 목격하듯이.

당신은 내가
연기하는 걸
본 적 있다

파올로 타비아니 감독의 <시저는 죽어야 한다>는 실제 이탈리아 감옥에 수감된 이들이 연극을 만드는 과정을 담은 영화다. 이들이 만들어 가는 극은 셰익스피어의 <줄리어스 시저>다. 마약부터 살인까지 다양한 죄로 감옥에 온 이들은 오디션을 통해 배역을 얻고, 그 역할에 몰입한다. 영화는 무대 위 그들의 모습은 처음과 마지막에만 보여 주고, 감옥에서 연습하는 그들의 모습을 주로 보여 준다.

내 주변에는 연기를 해 본 사람이 많다. 배우가 많다는 이야기가 아니다. 학교나 소모임 등을 통해 연기를 해 본 이들이 많다는 거다. 대부분은 연기를 해 본 경험 자체를 즐기고, 기회가 있으면 또 해 보고 싶다고 말한다. 연기 경험이 없는 이들도 한 번쯤 연기를 해 보고 싶다고 말하는 경우가 많다.

대학에 다닐 때 연극 무대에 선 적이 있다. 지금도 그때의 경험이 강렬하게 남아 있다. 학과 소모임에서 만든 연극이라서 규모가 크지 않았고 관객도 많지 않았다. 다만 내 삶을 통틀어서 무대에 설 일이 얼마 없다는 걸 알고 있었기에 한 명이라도 나를 봐 주고 박수를 쳐 준다는 게 기분이 좋았다. 무엇보다도 내가 나 자신이 아닌 다른 인물을 연기할 수 있다는 게 좋았다.

더 이상 무대에 설 일이 없지만, 늘 연기 중이다. 연기를 하지 않고 사회화를 하는 건 불가능에 가깝다. 사회생활을 이어 나가기 위해서는 연기가 필요하다. 모든 이가 좋은 배우의 잠재력을 가지고 있는 건 당연한 일이다. 우리는 늘 연기하면서 살아가니까. "평소처럼 연기해 봐"라는 말은 많은 의미를 담고 있다.

다자이 오사무의 소설 『인간실격』에서 '익살을 부린다'로 번역된, 사람들에게 보여 주기 식으로 하는 연기가 내게는 기본값처럼 느껴진다. '진짜 나', '있는 그대로의 나'에 대해 물으면 당황스러운 이유이기도 하다. 그런 게 있기는 한가. 내 연기력은 점점 물이 올라서 이젠 '솔직한 나'도 적당히 연기할 수 있게 되었다. 연기하느라 진짜 나를 잊어버린 게 아니라, 애초에 진짜 내가 없고 다양한 연기를 하는 내가 뭉쳐져서 '나'가 된다고 믿게 되었다.

무대 위에서 연출가의 요구사항을 따르듯, 사회생활을 하면서 상사부터 친구까지 다양한 주변인들의 요구를 따라 연기를 한다. 그게 나쁜 거라고 생각하지 않는다. 요구를 무시한 채 하고 싶은 대로 모든 것을 한다면 답은 정해져 있다. 죄인이 되거나, 미치거나, 죽은 듯이 살거나. 나는 죄인, 광인, 유령 대신 연기자를 택하겠다.

함께 학교에서 연극을 준비했던 이들에게 연락해서 다시 연극을 해 보자고 하면 무슨 답이 올까. 갑작스럽게 무슨 연극이냐고 물어 올까. 이제는 연기를 하지 않는다는 답이 올까. "넌 언제나 연기 중이잖아"라고 말해 버린다면 싸우자는 뜻이 될 거다.

"평소처럼 무대에 오르는 건 어때?"

은근슬쩍 물으면 마음이 동할지도 모른다고, 밤이 깊어 낭만적으로 상상해 보지만 내일 아침이면 괜한 짓을 할 뻔했

나만 이러고 사는 건 아니겠지

다고 생각할 거다. 그러니 무대 위에서 연기를 하자는 생각은 접어 두고, 일상에서의 연기를 이어 나가기로 한다. 나는 점점 좋은 연기자가 되어 간다. 그리고 당신의 연기를 바라본다. 우리는 꽤 합이 좋은 배우들이라고 믿으며, 세상이 무대라는 뻔한 비유를 들먹여 본다.

불편하지
않았다고

날이 밝아지는 게 느껴지면 잠이 든다. 시계를 보면 오전 5~6시 사이다. 잠들었다가 눈을 떠 보면 오후 2~3시. 잠을 많이 자면 살이 빠진다. 식사 시간도 애매해서 하루에 세끼를 먹기 힘들다. 의도치 않게 간헐적 단식 중이다. 다이어트에 좋아서 많이들 한다는데, 게으른 덕분에 최신 트렌드를 실천 중이다. 살도 빠지고 밥값도 아끼는 생활패턴이다. 불규칙하게 산다고 말하지만, 잠드는 시간과 깨는 시간이 제법 규칙적이다. 몸이 살기 위해서 나름의 규칙을 만들어서 나를 눕히고 일으키는 건지도 모른다.

나만 이러고 사는 건 아니겠지

생활 습관을 바꿔 보려고 밤 10시에 침대에 눕는다. 일어난 지 얼마 안 되었는데 누우니까 시간이 아깝다. 가슴이 답답하다. 밤이 아까워서인지, 생각이 많아서인지 모르겠다. 이유가 궁금해서 동생에게 묻는다. 동생도 나와 비슷하다는데, 원인을 모르겠다고 답한다.

검색해 보니 낮과 밤이 바뀌면 건강에 안 좋다는 글이 대부분이다. 무엇인가를 검색했을 때 내 상황을 호의적으로 바라보는 결과는 별로 없다. 퇴사의 위험, 우정이 건강에 미치는 긍정적인 영향에 대한 연구 결과를 본다. 나는 회사와 인간관계에서 도망치는 중인데.

아직까지 속해 있는 모임들이 있다. 한 해에 몇 번 얼굴 보기 힘들지만, 연말이 되면 모이는 몇몇 모임들. A 모임의 친구들은 대부분 직장인이고 비슷한 업종에서 일한다. 반면 나는 프리랜서이고 아직 자리를 잡지 못했다. 근황이라고 할 만한 게 없어서 말이 줄어든다. 원래도 말이 많지 않았는데, 새삼스럽게 말이 없다고 스스로 느낀다.

"왜 그렇게 말이 없어?"

들킨 기분이 들었다. 갑자기 불편해진다. 안 마시는 술을 분위기 맞추느라 마시는 게, 나와는 소비 규모가 다른 그들에 맞춰 지출하는 게, 혼자였으면 편할 시간을 그들과 쓰고 있는 게 불편해졌다. 꽤 오래 지속한 모임이지만, 과연 다음에도 편하게 나올 수 있을까. 그래도 적응해야 하는 걸까.

"그래도 적응해야지."

모임 며칠 뒤에 만난 친구에게 고민을 털어놓자 돌아오는 말. 불행에 적응하라는 건가. 나쁜 의도로 한 말은 아닐 텐데 삐딱하게 받아들인다. 며칠 전 모임에서 느낀 불편함은 자격지심 때문일 거다. 불편함을 느끼면, 내 탓으로 마무리를 한다.

A 모임 이후에 열린 B 모임은 파티처럼 진행됐고, 주최한 이를 제외하고는 아무도 아는 이가 없었다. 주최한 이는 바빴고, 나는 낯을 가리기 바빴다. 초대한 이에게 미안해졌다. 능숙하게 사람들과 교류하고 싶은데 그러지 못했다.

"3, 2, 1, 새해 복 많이 받으세요!"

옆에 있는 이들에게 새해 복 많이 받으라는 인사를 어색하게 건넨다. 지금쯤 집에 있었다면 좀 더 편했을 것이다. 어디에 서도 어색한 이곳과 달리, 집에서는 내가 서 있을 자리가 분명하니까. 연말 시상식의 아이돌 무대를 보면서 동생과

수다를 떨며 새해를 맞이했다면, 이 자리에 있는 다른 사람들에게 어색함을 들키지 않았을 텐데.

모임에 꾸역꾸역 나가는 내가 미련하게 느껴진다. 불편할 걸 알면서도 이런저런 모임에 나가는 건, 사람들로부터 잊히고 싶지 않아서인지도 모른다. 잊히고 싶지도 않고, 불편해지고 싶지도 않은 마음. 내가 좋은 것만 취하고 싶은 욕심이다. "이번에 꼭 나와"라는, 어쩌면 빈말일지도 모를 말 앞에서 나의 선택은 늘 '참석'이다.

편한 것만 할 수 없다는 걸 안다. 불편함을 견디는 지구력이 사회화의 척도라면 사회 부적응자로 사는 게 행복의 총량 면에선 더 행복하지 않을까. 불편함을 견디는 걸 자랑처럼 말하고 싶지 않다.

"사실 그 자리가 좀 불편했어요."

그럴 거면 왜 왔어, 왜 지금 와서 그런 소리를 하는 거야, 나만 나쁜 사람 만드네, 그렇게 말하는 게 더 불편해. 불편함을 솔직하게 고백한 뒤에 마주하게 될 반응들을 상상한다.

"그때 참 좋았어, 정말로."

결국에는 지난 모임에 대해 묻는 이들에게 괜찮았다고, 편하고 좋았다고, 불편하지 않았다고 답한다.

무표정의
솔직함

전에는 사람의 웃음을 봤고, 웃음을 믿었다. 이제는 사람의 무표정을 믿는다. 표정이 없을 때, 그 얼굴이 가장 진실하다고 믿는다.

무표정을 연습해야겠다고 마음먹었다. 웃음을 연습하는 것보다도 훨씬 힘든 일이다. 웃음이 몸이라면 무표정은 마음 같아서, 단련이 힘들다. 결국 힘들어서 그냥 실없이 웃는다. 내 무표정은 너무 솔직하다.

나만 이러고 사는 건 아니겠지

앓는
이유

말이 많냐고 물으면 고민한다. 사람이 많은 자리에서는 조용히 있는 게 편하고, 단둘이 있을 때는 침묵이 불편해서 한마디라도 더한다. 즐거워지려고 말할 때보다 불편한 상황을 막으려고 말할 때가 더 많다.

오랜만에 약속이 잡히면 한풀이하듯 말을 토한다. 그러고 나선, 말을 많이 하고 나면 며칠을 앓는다던 어느 시인의 말처럼 며칠을 앓기도 한다. 혼자서 말 한마디 안 하고도 잘 견딘다고 생각했는데, 역시나 대화는 재밌다. 혼자보단 혼자가 아닌 게 더 즐겁다는 걸 확인하고, 외로워진다. 말실수라도 했을까 봐 걱정하기 시작하면 앓는 수밖에 없다. 좋았던 말들은 곱씹으며 앓는다. 얼마 후에는 그 말들이 나의 것이 되기를 바라며 흉내 낸다. 제법 익숙해져서, 처음부터 나의 말이었던 것 같은 표현들이 있다. 출처를 생각해 보면, 이젠 다 소원해져서 닿을 수도 없는 이들.

다들 잘 지내고 있을까.

제기에서 방배로,
방배에서 제기로

차가 끊긴 새벽에는 택시 대신 N으로 시작하는 심야버스를 탄다. 종로부터 동대문과 동묘를 지나면서 버스 밖 풍경을 눈에 담는다. 당분간은 사람들이 종로나 동대문에 대해 물으면 이 풍경을 떠올릴 거다. 술에 취한 사람들과 불이 들어온 네온사인 간판, 계절을 느끼게 하는 낙엽과 함께 뒹구는 전단지. '제기동'이라는 안내 방송에 내릴 준비를 한다. 이곳에서 내리는 사람은 드물다.

새벽에 들어왔는데도 쉽게 잠이 오지 않는다.

방금까지 심야버스에 함께 있던 이들은 모두 자신의 몫

을 성실하게 해내고 있을 거다. 그러나 나는 프리랜서로서 자리 잡았다고 하기에는 딱히 결과물이 없다. 다시 회사로 돌아가는 게 최선일 것 같다. 회사에 돌아가는 게 꼭 패잔병이 된 기분이다. 승전보를 올리지 못하고 돌아가는 길은 서글픔을 넘어서 무섭다. 패배하고 돌아온 병사에게 벌을 주듯, 결과물이 없는 나를 자책할 준비를 단단히 한다.

얼마 전 답답한 마음에 의지하는 몇몇 사람들에게 고민을 털어놓았고, 한 명이 자신이 쓰는 사무실에 방이 하나 비었다면서 사무실로 쓰라고 했다. 함께 글을 쓰자는 말도 해줬다. 마지막 전투의 기회를 한 번 더 얻은 기분이었다. 두고두고 갚아야겠다는 생각과 함께 사무실의 위치를 물었다.

사무실은 방배동에 있다. 영화 <건축학개론>에는 부자 동네 압구정, 서초동, 방배동을 묶어서 '압서방'이라고 부르는 장면이 나온다. 동대문구에서 평생을 산 내게, 강남은 늘 멀게 느껴진다. 부자들이 사는 동네이고, 내가 있어서는 안 될 동네 같다. 여태껏 다닌 직장들이 대부분 강남에 있다는 건 아이러니한 일이다. 하루의 시작과 끝은 강남이 아닌데, 내가 가장 많은 시간을 보내는 곳은 강남이었다. 그렇다면 나는 강남 사람인가. '강남 사람'이라는 말 안에 담긴 여러 이

나만 이러고 사는 건 아니겠지

미지를 내가 가질 수 있는 건가.

"사무실이 강남입니다"라는 말이 어색하면서도, 몇몇 지인에게는 "방배동에 있는 사무실에 출퇴근 중이야"라고 자랑하듯 말한다. 얻어 쓰는 공간이면서 마치 내 능력으로 일군 것처럼. "집에서 히키코모리처럼 지내"라고 자조적으로 말하는 것보다 지금이 더 나은 걸까. 없는 걸 솔직하게 말하면 초라해서 싫고, 없는데 있는 척하면 들킬까 봐 불안하다. 제3의 선택지를 만들 수 있을지 없을지 모른 채 오늘도 방배동으로 간다.

버스로만 갈 수 있는 곳이 아닌 이상 지하철을 탄다. 버스를 타고 바깥 풍경을 보는 건 낭만적이지만, 변수가 생기는 게 싫다. 그런 점에서 지하철이 훨씬 큰 안정감을 준다. 정해진 규칙과 질서 안에서 안도한다. 직장에 묶여 있지도 않은데 왜 그리도 규칙과 질서를 좇는 걸까. 큰 기업에서 부속품처럼 지내야 행복할 거라는 지인들의 조언은, 내 성향을 아는 이들로서는 합리적인 추측이다.

환승을 위해 걷는 길에선 사람들과 눈이 마주치지 않기 위해 천장을 바라본다. 천장만 바라보면 사고가 날 수 있으니 천장 9, 정면 1의 비율로 눈을 움직이며 걷는다. 아침에 면도를 해도 저녁이면 검게 변할 만큼 수염이 빨리 자라는데, 약속이 없는 요즘은 2~3일에 한 번 면도를 한다. 옷도 거의 다 검은 계열이라 걷다가 마주친 유리에 비친 내 꼴이 산짐승 같다. 머리 검은 짐승은 거두지 말라는데, 본래 의미를 떠나 지금 내 꼴이 검은 짐승이다.

계단을 오르내린다. 하루 중 거의 유일하게 몸을 쓰는 시간이다. 회사에 다닐 때는 죽지 않기 위해 조금씩이라도 운동을 했다. 이젠 운동도 포기했다. 운동을 안 해 체력도 운동 신경도 예전 같지 않은데 성질은 급해서 걸음이 빠르다. 때로는 내 몸 상태를 인식 못 하고 빨리 움직여 넘어지기 직전에 이른다. 괜히 다리를 쭉 뻗어서 계단을 오른다. 두 눈으로 확인 가능한 도약의 순간. 내가 다리를 뻗으면 한 칸 올라갈 수 있고, 마음만 먹으면 내려갈 수 있다. 이걸 눈으로 매일매일 확인하는 건 집에 있는 것보다는 좀 더 자존감 상승에 도움이 된다. 이 말에 동의하는 사람이 늘어나면 함께 계단 오르기를 하면서 도약을 팔아먹는 '도약 선생'이 될 거다. 이런 되지도 않는 사업 구상과 함께 계단을 오르내린다.

요즘에는 그 어떤 단체방에서도 속 편히 이야기하기가

어렵다. 특히 직장인들이 모여 있는 단톡방에서는 더욱더 그렇다. 그래도 꾸역꾸역 다 읽어 본다. 무리에서 이탈되는 건 싫어서, 불안한 마음으로 읽는다. 오늘의 주제는 '차'다. 마시는 차에 대해서라면 나도 한마디 정도는 할 텐데, '타고 다니는 차'에 대한 이야기다. 요즘은 늙어 버린 얼굴 때문인지 어딜 가도 주차권이 필요한지부터 묻는다. 당연하다는 듯이 주차권을 줘서, 어색함에 주차장이 어디냐고 되물은 적도 있다. 함께 식당에 가자고 하면 주차 여부부터 물어보는 친구들이 늘어났다. 나는 교복을 입던 때나 지금이나 식당과 가까운 지하철역부터 찾는다.

SNS에는 퇴근하고 놀러 가고 싶다는 이야기가 주를 이룬다. 나는 어디든 갈 수 있다. 당장이라도 한강으로 갈 수 있다. 여행 중이었다면 좋은 날씨를 축복으로 여기며 들떴을 거다. 그러나 난 여행자가 아니다. 막상 한강에 가도 낭만은 금방 식을 게 뻔하다. 나도 출근한 누군가처럼 내게 할당된 노동을 해야 한다. 누구도 할당해 주지 않았지만, 스스로 만든 노동량을 채워야 마음이 놓인다. 이 일조차 하지 않으면, 아직 내 마음에 작동 중인 생산성의 필터가 불안을 가중시킬 거다. 나는 밥값을 하지 않고 밥을 먹는 자신을 원망할 테고.

이수역에서 내려 사무실로 간다. 여전히 사무실 비밀번호를 못 외워서 메모장에 적은 숫자를 확인한다. 손을 씻고, 점점 느려지는 노트북을 켜고, 웹 서핑을 시작한다. 글을 쓰는 시간보다 흘려보내는 시간이 더 많은데, 집에 있을 때보다는 생산적으로 시간을 보냈다고 합리화한다. 출퇴근의 삶은 역시 위험하다. 업무 공간에 머물기만 해도 마치 뭐라도 한 것 같은 착각에 빠진다.

사무실을 빌려준 지인에게 물으니, 사무실 계약 기간이 6개월 정도 남았다고 했다. 재계약에 대해서는 묻지 않았다. 나와의 관계도 6개월 뒤에 만료인지 묻는 건 더 무서운 일이라 역시나 하지 않았다. 6개월 뒤에 방배동 사무실이 사라지면, 다시 집으로 돌아가면 된다. 방배동으로 출퇴근한다는 말을 다시 집에서 일한다는 말로 바꾸면 된다. 어려운 일은 아니다. 카페에서 커피 값을 내면서 글을 쓰는 건 사치스러우니 집에 머물 거다.

공유오피스의 가장 저렴한 오픈 데스크 자리 정도는 구하고 싶은데, 고정 지출을 만드는 것은 부담스럽다. 지출은 지방 같아서 한번 늘면 좀처럼 줄지 않는다. 생활의 고정비는 특히나 쉽게 줄지 않는다. 몸집이 커진 고정비를 유지하

나만 이러고 사는 건 아니겠지

기 위해 일을 더 하는 이가 있고, 고정비를 최대한 낮춰서 일을 덜 하는 사람이 있다. 나는 후자다. 가성비를 따지는 습관도 지출만큼 쉽게 고쳐지지 않을 듯하다. 무엇보다도 내 수입은 좀처럼 고쳐질 것 같지 않다. 내 글이 팔릴 만한 가치가 있는 글이기를 바랄 뿐이다.

마음에 들지 않지만 글 한 편을 겨우 완성한다. 사무실을 빌려준 지인에게 밥값을 한 것처럼 티 내기 위해 오늘 쓴 글을 보내 주고 퇴근한다. 지하철 왕복 비용 몇 천 원을 쓰고 사무실에서 글 하나를 썼으니, 가성비가 좋은 편이다.

부디 내가 쓴 글의 원고료가 비싸기를. 제기역에서 왔다가 제기역으로 돌아가는 매일의 왕복운동 대신, 방배동에서 계속 머물 수 있는 삶이기를. 가성비를 찬양하고 속물을 욕하는 글을 쓰면서도, 가성비의 세계에서 속물의 세계로 넘어가기 위해 이런 글을 쓰고 있다는 걸 들키지 않기를. 퇴근길에 이수역 근처 부동산에 붙은 각종 임대료를 힐끔힐끔 본다. 내가 쓴 글의 값을 계산해 보다가 결국 지하철역으로 내려간다. 계단이 많은 이수역 아래로, 더 아래로.

나 대신
거미

화장실 세면대 위에는 화장실을 골고루 비추는 조명이 있다. 작은 형광등을 얇은 유리가 감싸고 있는데, 손가락으로 툭 치기만 해도 쌓인 먼지가 쏟아진다. 먼지는 세면대 위에 올려 둔 칫솔과 양치 컵 안으로 떨어진다. 작정하고 청소하는 날이 아니면 그곳을 건드리지 않는 게 우리 가족의 규칙이다. 이에 대해 그 누구도 이야기를 꺼내지 않았지만, 암암리에 합의한 아주 자연스러운 규칙. 거미는 유리 아래쪽에 자리를 잡았다.

우리 집은 꽤 오래됐고 하나씩 무너져 간다. 벽지에는 곰

나만 이러고 사는 건 아니겠지

팡이가 부지런히 생겨서, 가끔 집을 보러 온 사람들도 곰팡이를 보고는 금방 나간다. 곰팡이는 닦는다고 해결되는 게 아니니까. 그 정도 상식을 가진 사람들에게 집을 파는 건 쉬운 일이 아니다. 집을 내놓은 지 오래되었지만, 집이 팔리지 않을 거라는 건 우리 가족 모두 아는 사실이다. 리모델링할 돈은 언제쯤 모일지 모르겠다. 직장인이었을 때는 몇 달 뒤에 내가 돈을 내겠다고 했지만, 프리랜서가 된 이후로는 모른 척하고 있다. 가족을 기대하게 만들지 말자. 이건 직장인이나 프리랜서나 암기해야 할 사항이다.

미신을 잘 믿는다. 아침 거미와 밤 거미 중 죽이면 안 되는 거미가 있다고 들었다. 화장실에서 나오는 대로 검색하겠다고 마음먹지만 늘 잊어버린다. 거미에 관한 미신은 확신할 수 없지만, 내가 무엇인가를 잊을 것이라는 확신은 있다. 내가 확신할 수 있는 건 고작 이런 거다. 언젠가는 잘될 거라는 믿음이나, 머지않아 집을 리모델링할 수 있을 거라는 확신은 없다.

거미를 어떻게 해야 할까. 한국의 서울, 서울에서도 동대문구에 사는 거미에게 독이 없다는 걸 안다. 거미줄을 보면 날벌레들이 붙어 있다. 성가신 존재들을 없애 주는, 유익한 존재라는 게 확인되는 순간이다. 깜짝 놀랄 때가 있지만 딱히 내게 피해를 주지 않으니 그냥 둔다. 양치질을 하는데 세면대에 너무 가깝게 내려오면 입으로 살짝 바람을 일으킨다. 내 입장에서는 사려 깊은 경고이지만 거미에게는 태풍쯤으로 느껴질지 모른다. 손가락으로 툭툭 칠까 싶다가도, 그건 너무 큰 아픔일까 싶어서 그만둔다. 나 때문에 누군가 아플 수 있다는 건 무시무시한 일이다. 나를 아프게 했던 수많은 이들은 왜 그걸 몰랐을까.

내가 너의 운명을 좌우하는 게 가당치 않다고, 거미를 보며 생각한다. 다른 가족들에게 물으니 너의 존재를 모른다. 운이 좋은 거다. 아버지가 너를 봤으면 너는 지금쯤 터져 죽었거나 하수도 어딘가를 떠내려 다녔을 거다. 다시 태어날 수 있다면, 우리 가족을 몰살시킬 수 있는 존재가 되어서 태어나려고 하겠지. 나 말고 다른 이에게 들키지 말고 오래오래 살았으면 좋겠다. 내가 돈을 많이 벌어서 집을 리모델링하는 날, 공사하는 이에 의해 죽음을 맞이하게 될까. 리모델링은 언제쯤 할 수 있을까, 아니 그날이 오긴 할까.

눈물이 늘었다. 친구는 내게 눈물이 늘어난 이유는 갱년기 같은 게 아니라, "자신 말고 다른 것도 볼 여유가 생겨서"

　　　　나만 이러고 사는 건 아니겠지

라고 말했다. 이제 양치질을 하면서 얼굴의 여드름이나 치석 대신 세면대 위에 있는 거미나, 비누에 붙어 있는 죽은 하루살이를 알아볼 수 있다. 거미가 죽었다고 울 만큼 약해지진 않았지만, 나는 과연 잘 살고 있는가에 대해 의심하다가 울컥할 때는 있다. 다른 것을 볼 여유가 생긴 게 아니라, 나를 보는 걸 회피하기 시작한 걸지도 모른다. 썩은 치아를 마주하기 무서워서 양치질을 하면서 거미를 바라보고, 나의 하루를 돌아보기 무서워서 거미의 삶을 떠올린다.

입을 헹구는데 어깨 위로 무엇인가 떨어진다. 놀라서 툭 하고 쳐 낸다. 마이너스를 자랑하는 내 시력으로는 그 정체를 알 수 없다. 거미일까. 확인하지 않고 입을 마저 헹군다. 내일 거미가 없다면 거미는 사라진 걸까 숨은 걸까. 믿고 싶은 대로 믿기로 한다.

하루,
두 개의
마감

원고 마감 날이다. 마감 날 긴장한 상태로 최대의 집중력을 발휘하기 위해 그동안 게으르게 살았다. 이런 합리화는 숨 쉬듯 자연스럽다. 일어나자마자 책상 앞에 앉는다. 책상 앞에 앉는 게 힘들지, 앉으면 꽤 열심히 한다.

'통화 가능하니?'

엄마의 카톡이다. 불안하다. 여섯 글자 안에서 평소와 다른 톤이 느껴진다. 전화를 해 보니, 외가 쪽 작은할아버지가 돌아가셨다고 한다. 지방에 있는 아버지는 내 의사는 묻지도 않고 나를 장례식장에 보내기로 결정했다. 아버지의 권위

나만 이러고 사는 건 아니겠지

주의에 평생을 학습당한 나는 군말 없이, 마감에도 불구하고 장례식장에 간다. 엄마를 혼자 보내기도 좀 그러니까.

마침 피부가 뒤집어져서 빨간 얼굴을 미세먼지를 명분 삼아 마스크로 가린다. 오랜만에 정장을 입고 거울을 본다. 동대문구의 신흥 건달들이 이렇게 생겼을 거다.

장례식장은 천호동 쪽이다. 지하철 탈 생각을 했으나 엄마가 택시를 타자고 해서, 못 이긴 척 탄다. 엄마가 돈을 쓸 때마다 개인적인 일에 회사 법인카드를 쓰는 느낌이다. 내 돈은 아니지만 죄책감이 드는 건, 가족에 대한 '애사심' 때문일까.

왕래도 없던 사람의 장례식장에 굳이 가야 하나. 택시 안에서 혼자 중얼거린다. 30분 정도만 있다가 오자고, 엄마와 사전에 합의한다. 병원 앞에 택시가 멈춰 서고, 택시 요금을 내가 내야 하나 잠시 고민한다. 이런 고민을 하는 내가 형식적인 경조사만큼이나 싫다.

"너 이따가 회사 다시 들어가 봐야 한다고 말하고, 잠깐 인사만 하고 오자."

엄마가 나를 프리랜서라고 소개하는 날이 언제쯤 올까.

외가 쪽은 불교 집안인데, 돌아가신 할아버지는 형제 중에 유일하게 교회에 다녔다. 외가 쪽 제사 때 절을 안 하고 두 손 모아 기도하는 걸 본 적이 있다. 당시 미취학 아동이었던 나는, 무릎이 아픈 절보다 두 손 모아 하는 기도가 훨씬 효율적이라고 느꼈다. 어린 마음에 하나님이 부처님보다 편리하고 실용적인 분이라고 생각했다.

장례식장에 들어가니 상주인 외삼촌들이 보인다. 외삼촌과 가깝게 지내는 사람들도 있지만, 내게 외삼촌은 먼 존재다. 두 명의 외삼촌 중 한 명은 완전한 침묵을 선호하고 다른 한 명은 말이 차올라서 넘치는 사람이다. 어차피 얼굴도 몇 번 안 볼 사이이기에 전자가 더 편하다. 미망인이 된 작은 외할머니는 내 손을 잡자마자 격투 게임 콤보처럼 구강 액션을 차례로 구사한다.

"아이고, 이놈 봐. 다 컸네, 다 컸어. 이제 결혼해야겠네! 색싯감은 있어? 어라, 가만히 있는 거 봐. 있네, 있어!"

할머니, 저보다 미래에 생길 누군가를 더 반가워하실 거라면, 우리 여기 말고 미래에서 만나요. 근데 미래에도 살아 계신 거죠? 마음속으로 나름의 반격기를 날린다. 상대 캐릭터에게 맞을 때마다 분노 게이지가 쌓이는 격투 게임이 떠오른다.

"편육이 맛있는데 드세요."

집안의 두 며느리가 등장한다. 돌아가신 분은 편히 누워 있는데 남의 집 자식인 두 여자는 왜 철인3종경기 주자처럼 바쁜 걸까. 조금 전까지 내게 연타를 날리던 할머니는 며느리들을 그냥 두지 않는다. 맏며느리는 공황장애까지 왔다고 한다. 맞이하고, 치우고, 나르고, 보챔을 당하는 그 과정이 반복된다. 저런 삶 뒤에는 죽음이 있겠지. 쉴 틈 없이 움직이는 맏며느리의 눈이 멍하다. 군대에서 행군이 끝날 때쯤 볼 수 있는 눈이다.

편육은 너무 차가워서 먹기가 어렵다. 냉동 편육은 장례식의 특별한 음식 같지만 모든 장례식에 통용된다는 점에서는 보편적이다. 편육을 보는데 문득 그런 생각이 든다. 다들 자기 삶이 특별한 줄 아는데, 모두에게 똑같이 부여된 삶을 특별하다고 자기 최면 건 채 사는 게 아닐까 하는. 상주가 된 외삼촌이나 미망인이 된 할머니나 나나 결국 다 비슷하게 죽겠지. 냉동 편육처럼 비슷한 고깃덩어리가 되어서 죽음에게 씹히겠지. 내 삶의 육질은 더 쫄깃할 수 있을까. 요즘 운동을 안 해서 뻑뻑할 테니, 죽음 입장에서는 좀 나중에 찾아오는 게 이득일 듯하다.

잠깐 있자던 엄마는 셋째 작은할머니가 오면 인사하고 가자고 한다. 어느 정도 예상을 했기에 비위를 맞춘다. 이런 순간에라도 좋은 아들 코스프레를 해야 한다. 엄마는 늘 외가 쪽 셋째 작은할머니는 천사 같은 분이라고 말한다. 홍천에 살아서 홍천 할머니라고 부르는데, 치매 걸린 친척부터 동네 사람까지 군소리 없이 수발을 다 든다고 들었다. 얼마 안 있어 홍천 할머니가 왔다. 천사가 장례식장에 강림한 거다.

"너는 피부가 왜 그러냐?"

천사는 강림하자마자 뒤집어진 내 피부에 대한 평가를 시작한다. 내 얼굴의 방향성이 옳지 않음을 지적하는 말은 좀처럼 멈추지 않는다. '모두에게 천사일지언정 저에겐 아닙니다.' 빠른 판정을 내린다. 나와 엄마가 있는 테이블 앞에 홍천 할머니, 할아버지가 앉자 미망인이 된 할머니도 온다. 미망인이 된 할머니는 하소연을 시작한다.

"며느리, 재가 나한테 뭘 시키더라고, 재가."

'며느리'라는 말은 내가 없은 거고, 사실 본명을 불렀다. 살벌함에 엄마와 마주친 눈. 이내 할머니들은 90살이 넘은 나의 외할머니 이야기를 시작한다. 아파서 오늘 장례식장에 못 온 외할머니를 향해 "그래도 김 서방 회사 다닐 때 돌아가

나만 이러고 사는 건 아니겠지

셔야 좋을 텐데", "더 아프기 전에 돌아가셔야 할 텐데"라고 돌림노래를 부른다. 노인들은 죽음으로 쿨한 척을 한다. 자기들은 영양제 다 먹고 운동도 악착같이 하면서, '호상'이라는 말로 포장해서 다른 노인들은 얼른 죽어야 한다고 말한다. "오래 사는 건 축복이 아니야"라고 말하면서도 살겠다고 열심히 육개장을 씹고 있다. 살려고 발버둥 치고 있으면서, 연민을 얻으려고 죽음을 들먹이는 발언들. 자기들이 가장 못 지키는 신념을 슬로건으로 내건 기업들 같다. 어르신들, 요즘은 솔직한 게 트렌드랍니다. 하고 싶은 말을 입 밖으로 내지는 못하고 육개장에 말아서 얼른 목구멍으로 넘긴다. 이야기가 길어질 것 같아서 회사에 들어간다는 핑계로 장례식장에서 나와 택시를 탄다.

"춥지 않으세요?"

택시 기사 아저씨의 말이 오늘 들은 말 중에 제일 따뜻하다. 편육을 가져와서 좀 드릴 걸 그랬다. '엉뜨'를 켜 달라고 한 다음에 거기에 편육을 데워서 나눠 먹을 걸.

조용히 운전만 하는 택시 기사 아저씨가 튼 라디오에서 '사랑과 평화'가 부른 '샴푸의 요정'이 나온다. 오늘의 기억을

커다란 대야에 쏟아 박박 문지르고 싶다. 기억이 비누 같은 재질이어서 문지르다 보면 사라지기를. 흘러나오는 노래의 주인공은 이름부터 거룩한 '사랑과 평화'인데 이런 생각이나 하다니.

집에 거의 다 왔을 즈음 동생에게 전화를 걸어 떡볶이를 주문하라고 하고, 택시가 도착할 시간에 맞춰서 집 앞으로 나오라고 한다. 집 앞에 내려선 소금을 들고 나온 동생에게 말한다.

"뿌려."

성호를 긋는 것처럼 머리와 몸 앞뒤로 소금을 뿌린다. 굵은 소금이라 다행이다. 옷을 탁탁 털고 들어간다.

"장례식장 다녀오면 집에 들어가기 전에 소금 뿌리고, 집 오자마자 화장실부터 가야 해."

엄마가 믿는 미신 중 하나다. 화장실에서 옷과 머리를 털고 소변을 본다. 머리를 긁는데 소금이 나온다. 내일 아침에 계란프라이를 할 때 사용해도 될 만큼 충분하다. 다음 장례식은 참석 말고 상상만 하고 싶다. 어떤 삶이 마감되었으니, 이제 나의 글 마감을 시작하자. 내 삶에 앞으로 얼마나 많은 마감이 남아 있을까.

나만 이러고 사는 건 아니겠지

오늘은
나에게 잘했다
말하고 싶어

과거의 나를, 미래의 나를 마주한다면 어떤 말을 할까. 하고
싶은 말이 많지만, 내가 아는 나는 위로가 필요하고 칭찬에
일어서는 사람이니까 "잘했어"라고 말하겠다. 내 몸을 지탱
하기 위해서는 수분만큼이나 많은 위로가 필요하다.

돼지의
탄생

"얼죽코야?"

처음엔 잘못 들은 줄 알았다. 친구에게 되물으니 내가 들은 게 맞았다. 신조어인가. 못 알아듣는 신조어가 늘어날 때마다 뒤처진 느낌에 조급해진다. 먹은 떡국 그릇 수나 넘긴 달력의 숫자 대신 신조어를 얼마큼 아는가로 나이를 가늠한다.

"얼죽코, 얼어 죽어도 코트만 입는 사람"

줄임말일 거라고 예상은 했지만 이런 뜻이라니. 신조어를 만드는 이들은 시인이 될 수 있지만, 평론가들이 미워할 거다.

"나 얼죽코 맞아."

내가 얼죽코가 된 가장 큰 이유는 패딩이 싫어서다. 패딩은 뚱뚱해 보인다. '뚱뚱해 보인다'는 말조차 싫어해서 누군가 패딩을 싫어하는 이유를 물으면 '부해 보인다'라고 순화해서 말한다. 이렇게 말만 뱉어도 몸이 부해지는 기분이 든다.

영하로 떨어진 날씨에 코트를 입으면 '얼어 죽어도'라는 말이 체감될 만큼 춥다. 몸에 열이 많아서 괜찮다고 말하면서도 입술이 떨린다. 몸에 열이 많은 편이지만 그렇다고 추위를 안 타는 건 불가능하다. 추워 보인다는 말을 들으면, 패딩을 입은 내 모습을 상상한다. 뚱뚱해 보이는 것보단 추워보이는 게 낫다.

"너 굴러다녀도 되겠다."

중·고등학생 때는 패딩을 입었고, 뚱뚱하다는 말과 함께 굴러다닐 것 같다는 말을 종종 들었다. 고등학교를 졸업한 이후로 패딩을 입지 않는다. 이런 일화를 말하면, 왜 그렇게 남을 신경 쓰냐고 한다. 나한테 모진 말을 한 이들을 혼내 줄 것도 아니면서 태평하게 조언하는 사람들이 더 밉다.

세탁 등의 이유로 어쩔 수 없이 패딩을 입는 날이 있다. 그런 날에는 패딩을 입고 이동하는 동안 뚱뚱해 보이는 나를 계속 의식한다. 그러다가 유리에 비친 나를 본다. 패딩이 나의 지방 같다. 지방 덩어리가 되어서 굴러다니는 상상을 한다. 내가 좋아하던 사람들은 패딩이 잘 어울리는 이들이다. 패딩을 입고도 아름답다면, 그는 정말 아름다운 사람이다. 내가 갖지 못할 아름다움을 가진 이들을 동경한다. 패딩이 잘 어울리는 사람이 되는 게 장래 희망이다.

"너 굴러다녀도 되겠다"

분명 굴러다녀도 되겠단 말을 들었는데, 정작 나는 그 말 이후로 앞으로 나가지 못하고 멈춰 버렸다. 아무리 살을 빼도 패딩을 입던 그때 그대로인 것 같다. 그 시절이 너무 선명해서 늘 패딩을 입고 있는 기분이다. 내 몸의 구성요소에는 수분과 지방 말고 패딩도 포함되어 있다. 몸에 열이 많은 이유도 이 때문일 거다. 그때 들었던 그 말이 몸 안을 돌면서 발열 작용을 한다.

누군가 내게 뚱뚱함을 말하는 순간부터 나는 뚱뚱해지기 시작했다. 누군가 말해 주기 전까지는 스스로 뚱뚱한 걸 몰랐기 때문이다. '내가 그의 이름을 불러주었을 때, 그는 나에게로 와서 꽃이 되었다'라는 김춘수의 시처럼, 누군가가 나를 뚱뚱하다고 불러 주었을 때, 나는 진짜 뚱뚱해졌다. 뚱뚱하

나만 이러고 사는 건 아니겠지

다는 말 대신 이름을 불러 주고 웃어 줬다면, 꽃이 되어 살 수 있었을 텐데.

"오늘은 돼지 선발대회를 열 거야."

살 덕분에 초등학교 3학년 때는 이상한 대회에 나갔다. 당시 내 눈에 매우 예뻐 보였던 담임 선생님은 예고도 없이 돼지 선발대회를 열었다. 몇몇 이름이 거론됐고, 고개를 숙이고 있던 내 이름도 들렸다. 돼지 선발대회의 후보로, 나를 포함한 세 사람이 교실 앞으로 나갔다.

"지금부터 배를 내밀고 있는 거야. 오래 내밀고 있는 사람이 우승!"

선생님은 들뜬 목소리로 말했다. 옆에 두 친구는 '시작' 소리와 함께 배를 내밀었다가 비슷한 타이밍에 포기를 선언했다. 졸지에 그저 가만히 서 있던 나는 계속 배를 내밀고 있는 사람이 됐다. 분명 배를 가리는 옷을 입고 있었는데.

"이제부터 우리 반 돼지는 너야!"

그렇게 돼지가 됐다. "돼지"라는 정확한 이름으로 호명된 건 이때가 처음이다.

고등학생 때도 돼지가 된 적이 있다. 당시 문학반 소속으로 문학 소년을 꿈꾸며 열심히 백일장에 나갔다. 사실 수업 땡땡이를 치는 게 주목적이었다. 백일장에 가는 날은 사복을 입는 몇 안 되는 날이라 인터넷으로 예뻐 보이는 후드티를 하나 샀다. 백일장 당일, 설레는 마음으로 후드티를 입고 문학반 친구들과 만나기로 한 버스정류장으로 향했다.

"쟤는 자기가 날씬한 줄 아나 봐."

지나가는 여중생 무리가 나를 보며 말했다. 들리는 말을 모른 척한 채 계속 앞으로 걸었다. 갑자기 모든 게 창피해졌다. 조금 전까지 설렜던 나 자신이 창피해서, 후드를 뒤집어쓰고 큰길 대신 인적이 드문 골목으로 들어갔다. "쟤는 자기가 날씬한 줄 아나 봐." 후크송에서 반복되는 가사처럼 계속 그 말이 귀에 맴돌았다. 그리고 이제는 귀를 넘어 마음을 맴돌고 있다. 평생을 가져갈 이명처럼.

백일장 시제가 뭐였는지는 기억이 안 난다. 어차피 돼지는 글을 쓸 수 없다. 시 대신 거리에서 들었던 말에 대한 답변을 적는 내가 떠오른다.

난 내가 날씬하다고 생각한 적이 없다. 늘 돼지였으니까. 내가 아무리 살을 빼도 난 여전히 돼지다. 오랜만에 만난 지인이 "살 좀 쪘네" 하면, 그날 식사를 포기하고 무릎이 아플

나만 이러고 사는 건 아니겠지

때까지 운동을 한다. 마음을 헤아리지 않는 이들은 늘 내게 살에 대한 안부를 묻는다. 살이 마음보다 먼저 보이는 건 슬픈 일이다.

타인의 말은 날 쉽게 돼지로 만드는데, 살이 빠졌다는 말은 왜 같은 효과가 없을까. 살이 빠졌다는 말을 믿을 수가 없다. 어차피 다시 살이 찌면 변할 거다. 좀 쪄도 될 것 같다고 말하는 사람도, 막상 찌고 나면 나를 돼지 취급할 거다. 돼지로 영구 설정된 내 기본값을 바꿔 줄 사람은 없다.

내게 살쪘다는 말을 안부 인사처럼 전한 뒤에, 자신의 상황을 하소연하는 이들이 있다. 걱정하지 않아도 된다. 당신의 말 한마디면 난 돼지로 변할 만큼, 당신의 말에는 힘이 있다. 나를 단숨에 돼지로 만들 만큼 당신은 큰일을 해내는 사람이다. 그러니 위안을 얻고 용기를 내라. 다만 그런 말을 할 거라면 다시는 내 앞에 나타나지 않기를.

오이 같은
사람

식사할 때 당근이나 가지를 만나면 먹어 버리거나 못 본 척하면 그만인데, 오이는 그게 안 된다. 얼굴을 찡그리며 구시렁거린다. "오이 너무 싫어."

오이를 싫어한다. 못 먹는다. 그러므로 오이를 먹어 주는 사람은 내게 좋은 사람이다. 냉면 위의 오이를 아무렇지 않게 먹어 주면, 감출 수 없는 존경의 눈빛이 나와 버린다. 내가 못하는 걸 단숨에 해 버렸으니 멋진 사람이다.

애석하게도 멋진 사람보다 미운 사람이 더 많다. 샌드위치 속에 숨어 있는 작은 오이나 군대에서 보급받은 오이 비누처럼, 내 편에서 영 탐탁지 않은 존재들과 함께 살아간다.

싫어한다는 건 굉장히 적극적인 감정이다. 좋아하는 것만큼이나 자주 떠오르고, 힘을 쏟게 만든다. 언급조차 안 할만큼 존재감이 미비한 것들은 작정하지 않으면 떠올릴 수 없다.

잠이 들기 전에 아무리 좋은 생각을 하려고 해도, 싫어하는 사람들이 떠오른다. 회사에서 나를 괴롭히던 상사, 내게 큰 상처를 남긴 지인. 상상 속에서라도 복수를 하고 싶은데, 요즘에는 그런 상상을 해 봐야 현실이 비루하게 느껴져서 포기한다. 아무리 모진 복수를 꿈꿔 봐도, 현실세계의 나는 아무것도 하지 못할 테니까. 통쾌하기보다 무기력만 더해 주기에 상상을 관둔다.

그럼에도 싫어하고 미워하는 걸 포기하기는 쉽지 않다. 나는 성인군자가 아니다. '복수를 생각하는 건 소인배'라는 말은 죄를 많이 지은 이들이 꾸며 낸 말일 거다. 당한 게 많은 사람은 복수를 생각하지 않을 수 없다. 아량이 넓은 사람이 되기는 글렀는데, 어딜 가나 미워할 구석을 가진 사람이 존재한다.

미움으로 에너지를 쓰고 싶지 않다. 그런데 싫다는 이유로 자꾸 기억한다. 누군가를 미워하는 이 적극적인 감정이 칼로리 소모에 도움이 되었다면, 지금보다도 더 적극적으로 사람들을 싫어하면서 지냈을까. 원망 다이어트라니, 무시무시한 사업 아이템이 될 것 같다.

수많은 이들이 내게 오이가 되어 가는 것 같아서 슬프다.

아랫배를
품고 넘는
천 개의 고원

철학 스터디에 합류했던 적이 있다. 질 들뢰즈라는 멋진 이름을 가진 사람이 쓴 『천 개의 고원』을 함께 읽는 스터디였다. 무려 천 페이지에 가까운 책이고, 해설서가 본 책의 두 배 분량이다. 지하철에서 스터디 전날 벼락치기로 읽을 때마다 두꺼운 책 때문에 머리보다 팔이 더 아팠다. 다들 바쁘게 사느라 책은 얼마 읽지 못하고 스터디가 와해됐는데, 아마 완독을 했어도 제대로 이해한 부분은 거의 없었을 거다. 끝까지 읽는 데는 실패했으나, 지적인 허영을 드러내며 주변 사람들에게 우쭐대는 건 잊지 않았다.

문자적으로만 보자면, 철학 스터디를 할 당시 나에게도 '천 개의 고원'이 존재했다. 첫 회사에서 상사 때문에 존엄성 없는 노예가 되어 가고 있었고, 내 미래는 어느 각도에서 봐도 천 개 이상의 고원을 넘어야 겨우 한 발 디딜 수 있을 것으로 예상됐다. 끝없는 야근과 초 단위로 압박을 주는 상사에게 찌들어갈 때쯤, 잔병 하나 없이 살다가 처음으로 고열로 쓰러졌다.

철학 스터디가 좋았던 건 공부 때문이 아니라 하소연을 할 수 있기 때문이었다. 회사에서의 힘든 점을 토로하고, 그때마다 같이 욕해 주는 스터디원들이 든든했다. 스터디가 없는 날에도 만나서 함께 시간을 보냈다. 한번은 미술치료를 배운 적이 있는 형이 스터디원 몇 명에게 각자의 상태를 그려 보라고 했다. 재미로 해 본 것이었는데, 내 그림을 본 형의 반응은 심각했다.

"야매 상담을 받자."

그렇게 상담이 시작됐다. 전문의한테 상담을 받는 건 아니었지만, 내 사정을 잘 아는 사람에게 내 이야기를 하니 마음이 편했다. 주변에 '야매 상담'을 받는다고 했고, 누구에게 받느냐고 물으면 '야매로 상담을 배운 형'이라고 답했다. 틀

나만 이러고 사는 건 아니겠지

린 말은 아니었고, 하나하나 설명하기도 귀찮았다. '천 개의 고원'부터 설명하기에는 이야기가 너무 길다.

상담은 1년 가까이 진행되었고, 그사이에 내게 트라우마를 남긴 상사는 퇴사했다. 내가 견디고 이겼다는 생각보다, 견디는 동안 입은 상처가 너무 깊다고 느꼈다. 결국 나도 퇴사를 하고 다른 회사에 들어갔지만 이전 상사 못지않은 대표를 만나서 몇 달 만에 퇴사했다. 그러다 보니 화살을 내게 돌려서, '혹시 내가 잘못인가'라는 생각을 하기 시작했다.

자존감이 바닥을 쳤다. 결국 '나'를 회복하는 게 우선이어서 나의 이야기를 하기 시작했다. 남을 의식하느라 남 앞에서는 솔직하지 못했고 나를 포장하기 바빴다. 자기 비하는 삶의 기본적인 태도였고, 남이 좋은 이야기를 해도 곧이곧대로 받아들이지 않았다. 이런 나를 돌아보기 위해 말하지 않을 수 없는 키워드가 있다. 바로 '가족'이다.

회사가 힘들다고 집에 말한 적이 없다. 아니, 취업했다고 말한 적도 없다. 매일 아침 일찍 나가는 나를 보고 엄마가 "회사 다니니"라고 물어서 "응"이라고 답한 게 전부다. 야근을 매일 해도 힘들다는 이야기는 따로 하지 않았다. 아버지도 힘든 일이 있을 때 버텼으니까. 고열로 쓰러졌을 때도 말하지 않았다. 이 나이를 먹고 징징거릴 수는 없는 노릇이었다. 엄마는 내 첫 직장에 대해 궁금해했지만 자세하게 설명하기 힘들고 귀찮았다. 그저 '스타트업'이라고 말했고, 엄마는 뉴스에 '스타트업'이라는 단어만 나오면 내가 다니는 회사인 줄 알았다.

내가 태어났을 때부터 지금까지 몸무게 세 자릿수를 유지 중인 아버지는 변함없는 몸무게만큼이나 변함없이 권위적이다. 아버지를 견뎌 냈으니 웬만한 사람은 견딜 수 있을 줄 알았는데, 견디는 것은 근육처럼 견고해지는 개념이 아니었다. 엄마는 아버지를 평생 견디며 살았다. 아버지를 만난 덕분에 나와 동생이 태어났지만, 아버지가 아닌 이를 만났다면 좀 더 행복하지 않았을까. 아버지가 알면 호적에서 파 버릴 만한 이야기지만 자주 하는 생각이다.

상담 시간에 내가 말을 하면, 야매 상담형은 내가 과거에 했던 말을 인용해서 되물었다. "네가 그때 그런 말을 했었는데 지금은 어때"라는 식으로. 그때 아버지가 그런 말 한 게 지금도 생각나고 그러니, 그때 엄마가 그런 모습 보여 준 게 마음에 남았니. 과거의 내가 현재의 내게 말을 건네는 기분이었다.

상담할 때 가족만큼 자주 언급한 건 '살'이다. 아버지의 유전자 덕분에 소아비만 출신으로, 먹은 만큼 찌는 정직한 몸을 가지고 있다. 항상 살과의 전쟁 중이다. 살쪘다는 말을 극도로 싫어하고, 아랫배가 없는 삶을 살아보고 싶다. 아랫배가 몸에서 무슨 기능을 하는지 몰라도, 살 때문에 스트레스 받아 온 내게는 전혀 가치가 없어 보인다.

야매 상담이 끝날 때쯤 철학스터디에 이어서 매일 한 편씩 글을 쓰는 '1일 1글' 스터디를 시작했다. 무엇이든 저지르는 건 참 잘한다. 스터디를 시작할 때쯤 이직했던 직장을 그만두고 프리랜서가 됐다. 첩첩산중으로 아버지가 정년퇴직하고, 동생은 준비하던 시험에서 떨어져서 집에 온 가족이 모이게 됐다.

두 달 가까이 쓴 글을 보니 가족에 대한 이야기가 대부분이다. 살에 대한 이야기도 그에 못지않게 많다. 가족과 살은 내게서 떼려야 뗄 수 없는 주제다. 오로지 '나'에 대한 글을 써도, 가족과 살에 대해 언급하지 않는 건 불가능하다. 의식하지 않아도 자연스럽게 딸려 나온다. 가족에 대해 정의할 일이 없었는데 매일 글을 쓰면서 깨달았다.

'가족은 아랫배다.'

가족은 빼려고 해도 빠지지 않는 아랫배 같다. 근육처럼 몸에 좋은 것도 아니면서, 노력해도 잘 빠지지 않는 하복부의 지방. 가족은 서로에게 벗어날 수 없는 지방이다. 체지방이 0이 되는 순간은 내 삶에 없을 거고, 가족이 없는 삶도 내 인생에는 없을 거다. 아버지가 소아비만을 물려준 건, 가족을 잊지 말라는 유전자의 좋은 전략이 아닐까. 가족은 아랫배 같은 거라고 아로새기기 위한 전략. 부모님이 늘 먹을 걸 챙겨 주는 것도 비슷한 이유일 거다. 점점 야위어 가는 동생에게 아랫배는 아직 남아 있는 걸 보며 안도하는 나도 결국은 비슷한 사람이다.

야매 상담의 결론은 늘 같다. 있는 그대로의 나를 인정하기. 어차피 함께 가야 할 아랫배와 가족을 인정하는 일. 아랫배를 움켜쥐고 가족과 동행하는 걸 자연스럽게 받아들이는 일. 과연 성공할 수 있을까.

"널 괴롭힌 사람들 덕분에 이렇게 가족이랑 있게 되었네"

야매 상담형이 이렇게 말하는 게 얄미웠다. 상사의 괴롭힘이 나비효과가 되어서 가족에 대한 깨우침으로 이어지는 합리화는 하고 싶지 않다. 상사의 등장 이전에 가족은 늘 나와 함께해 왔다. 내 인생의 인물, 사건, 배경 그 모두에 가족은 늘 존재한다. 글을 쓸 때마다 특이점이 없는 내 일상에서 가장 큰 소재는 가족임을 확인한다. 가족이 딱히 좋아서가 아니라 옆에 있는 게 가족이라서다.

아랫배 같은 가족과 함께 지금 몇 개의 고원을 넘었을까. 절에 열심히 다니는 엄마와 달리 나는 무교인데 불교에서 수계를 받은 적이 있다. 내가 받은 법명은, 놀랍게도 '고원'이다. 부모님이 나 때문에 넘은 고원이 꽤 많다는 것을 안다. 우리 가족이 함께하기 위해 넘은 고원을 합치면 천 개는 안 되어도 몇 백 개는 되지 않을까.

엄마는 안방, 아버지는 거실, 동생은 동생 방, 나는 내 방에서, 우리는 각자의 고원을 넘고 있다. 그래야 함께할 수 있으니까. 내가 열심히 고원을 넘고 있는 이유가 독립을 위해서라는 건 비밀이다. 고원을 넘다 보면 고생 때문에라도 아랫배가 빠질 거라는 기대로 오늘도 한 발 디딘다. 그리고 옆에서 각자의 고원을 넘고 있는 가족들을 바라본다. 각개 격파하듯이, 넓게 보면 다 함께 걷고 있다.

소심인의
명대사

"네 기침 소리 아버지 같다."

동생이 장난으로 한 말에 신경이 날카로워진다. 안 닮았다고 대꾸하려다가 무시한다. 기침을 몇 번 더 하고 아버지의 기침을 떠올린다. 동생의 말을 의식해서인지, 익숙한 데시벨과 리듬이다. 아버지와 닮은 건 질색이므로, 기침의 음정을 낮추고 박자를 조정한다. 기침을 하다가 뭔가 입에서 튀어나온다. 편도결석이다. 얼마 전부터 편도결석이 주기적으로 생성되고 있다. 아버지랑 닮지 않았다고 부정하다가도, 기침에 튀어나오는 편도결석처럼 아버지와 닮은 순간이 불쑥 튀어

나오는 걸 목격한다.

"내가 그때 그 새끼를 죽이려고 했는데 말이야!"

아버지의 목소리가 들린다. 아버지와 나는 A형이고, A형의 특징으로 가장 많이 이야기되는 건 '소심'이다. 인정하기 싫지만, 아버지와 나는 소심하다. 앞에서는 별말 못하다가 뒤에서 큰소리치는 아버지를 볼 때마다 속으로 외친다. '아, 소심인!' 나의 소심함은 전적으로 아버지에게서 왔다.

아버지의 욕이 들리면, 방문을 닫고 좋아하는 음악을 크게 튼다. 아버지의 욕은 어설프다. 욕 뒤에는 호기롭게 뱉은 욕이 무색할 만큼 자신의 소심함을 증명하는 에피소드가 이어진다. 강한 사람 앞에서 자기 뜻을 관철할 수 없어서 한 수 접은 이야기가 꽤 길다. 비슷한 이야기를 거의 평생 들었을 텐데도 적절한 리액션을 보이는 엄마를 보면서, 엄마가 얼마나 아량이 넓은지 깨닫는다.

동생도 나이를 먹을수록 소심해진다. 소심해지는 동생을 보면서 내 탓이 아닐까 싶다가도, 유전자에 있어서 나의 영향력은 없을 것이기에 아버지에게 화살을 돌린다.

"내가 그때 말했어야 했는데."

요즘 내가 입버릇처럼 하는 말이다. 할 말을 못 했다는 뜻이니 아버지가 하는 말과 비슷한 맥락이다. 권위적인 아버지에게 적응했기에 세상은 버틸 만할 거라고 생각했다. 아니었다.

첫 회사에서 상사 때문에 퇴사한 후에 자존감이 바닥을 쳤고, 어떤 회사도 날 원하지 않을 것으로 생각했다. 급한 마음에 제일 먼저 면접을 본 회사에 들어갔다. 퇴사 보름 만이었다. 판교에 있는 가구회사였고, 출퇴근 시간을 합치면 4시간이 걸렸다. 며칠간은 하루에 책을 한 권씩 읽을 수 있는 생산성을 자축했지만, 보름쯤 지나니 멍하게 있는 시간이 늘었다. 분명 응시하고 있는데 집중이 안 되는, 머리로 글을 읽는 게 아니라 눈으로 글자만 읽는 나를 발견했다.

직원은 나를 포함해서 4명이었는데, 한 명은 공장에 상주하느라 사무실 직원은 3명이었다. 마케터로 입사했지만 나를 '마케터'로 소개하는 일은 많지 않았다. 갑자기 미팅이 잡혔다며 대표가 오라고 해서 가 보면, 대표는 나를 UX 디자이너나 MD 같은 생소한 직군으로 소개할 때가 많았다. 사전에 들은 내용도 없이 갑자기 그런 상황이 주어졌고, 마치 오디션에서 즉흥 연기를 펼치듯 순발력으로 그 상황을 모면했다.

나만 이러고 사는 건 아니겠지

입사 후 주로 하는 일은 거짓말이 됐다. 나중에 이직을 한다면 포트폴리오에 거짓말을 나열해야 하는 걸까.

마케터였지만 몸을 쓰는 일이 더 많았다. 판교에 도착했는데 인천에 있는 공장으로 오라고 해서 급하게 간 적이 있다. 포장 담당 인력이 안 와서 가구 포장 업무에 투입되기 위해서였다. 갑작스러운 업무 미팅이 잡힐 때가 많아서 와이셔츠에 슬랙스를 입고 출근했는데 금방 땀범벅이 됐다. 엘리베이터가 없는 4층 집에 배송하는 일까지 맡을 뻔했는데, 같이 일하는 직원이 이 일까지 시키면 퇴사할 것 같다고 농담 반 진담 반으로 말해 준 덕분에 퇴근할 수 있었다. 목 뒤부터 꼬리뼈까지 맺힌 땀이 인천 가좌동에서 서울 제기동으로 이어진 지하철 노선처럼 와이셔츠에 무늬를 만들었다. 내릴 곳을 놓칠까 봐 지하철에서 졸 때가 거의 없는데, 땀에 젖은 채로 달게 잤다. 집에 와서야 동생에게 빌려 입은 옷이라는 걸 깨닫고는 변명의 말을 뱉는다.

"내가 그때 말했어야 했는데."

나를 마케터가 아닌 다른 직군으로 소개하고 임기응변을 요구할 때 아니라고 말했어야 했는데. 점심시간에 밥 먹지 말고 빵으로 때우고 사무실에서 일하면 안 되느냐는 말에 싫다고 말했어야 했는데. "이거 지금 너 기분 나쁘라고 하는 소리야"라고 쏘아붙일 때 비참한 내 심정을 말했어야 했는데. 그랬다면 이렇게 동생의 옷을 엉망으로 만들지는 않았을 텐데. 결국 나도 소심인인 걸까. 앞에서 저항하지 못하고 뒤늦게 하소연하는 사람. 내일 출근해서 속 시원하게 말해야겠다는 생각보다, 공장에 투입될지도 모르니 트레이닝복을 따로 챙겨가야겠다는 생각부터 들었다.

"내가 그때 그 새끼를 죽이려고 했는데 말이야!"

아버지의 푸념은 계속된다. 아버지가 '그 새끼를 죽이려고' 행동한 적이 있을까. 유전자의 힘은 굉장하니, 소심인의 피는 대물림될 거다. 이 피가 다 희석되려면 몇 대손까지 넘어 가야 할까. 1인 분의 삶도 꾸리기 힘든데 우리 집안의 대를 이어 나가는 게 가능할까. 자식이라고 낳아 봐야 '소심인'이라는 범주에 묶일 가능성이 큰데 굳이 대를 이어야 하나.

마케터지만 마케터로 일하지 못한 회사는 결국 몇 달을 다니고 그만두었다. 대표에게 퇴사하겠다고 말했고, 이유를 물어봤을 때 내 능력이 부족한 것 같다고 답했다. 그 누구도 마음 상하지 않는 그럴듯한 대답이라고 생각한다. 만약에 내가 가족을 책임지는 상황이었어도 퇴사를 선택할 수 있었을까. 참는 걸 그만두는 순간, 아버지가 참을 수밖에 없는 이유가 선명해졌다.

　퇴사했던 날, 집에 와서 동생에게 말했다.

　"내가 그때 그 새끼를 죽이려고 했는데 말이야!"

　지나고 나서 후회하고 뒤에서나 큰소리치는 일은 계속될 거라는 신호와도 같은 말을 뱉는다.

나한테
제일 쉬운
사람

"마음대로 해"라는 말을 들으면 당황스럽다. 진짜 내 마음대로 해 버리면 미움받을까 봐 그 사람의 마음을, 그 사람이 좋아할 것을 추측한다. 그 사람이 좋아할 거라는 기대로 행동했는데 원하는 반응이 안 나오면 괜히 섭섭해진다. 상대방 입장에서는 당황스러울 것이다. 분명 마음대로 하라고 했는데 그러지 못하고는 자신에게 섭섭해하는 나를 보면서.

내 욕망을 명확하게 알고, 그대로 행동할 수 있었다면 나는 나 자신에게 덜 미안해하며 살았을 것이다. 누군가에게 미안한 일을 하게 될까 봐 전전긍긍하는 동안 스스로에게 무

나만 이러고 사는 건 아니겠지

수히 많은 상처를 줬다. 나 자신을 가장 먼저 포기하고 깎아내렸으니까.

　타인이 준 상처가 아니다. 남 생각하느라 내가 나에게 준 상처다. 나한테 제일 쉬운 사람은 늘 나였다.

나의
영화배우
데뷔 현장

학교에서 창작 수업을 들으면 서로의 작품에 대해 합평을 하기에 수업을 듣는 이들과 자연스럽게 친분이 생긴다. 소설 창작 수업을 함께 듣는 영화과 학생이 있었고, 지나가며 안부 정도는 묻는 사이가 됐다. 어느 날 그가 자신의 졸업 작품에 출연해 줄 수 있는지 물었다. 나를 필요로 하는 일에 참여하는 게 좋아서, 내용이나 역할을 따로 묻지 않고 흔쾌히 수락했다. 과 선후배들과 준비한 연극에 배우로 참여한 지 얼마 안 되었을 때라 연기에 대한 흥미가 많았다. 연극에 초대한 가족과 친구들도 재밌게 봐 줬기에, 단편영화에 출연하고

나만 이러고 사는 건 아니겠지

주변에 보여 줄 상상에 들떴다.

며칠 후 영화 스태프에게서 연락이 왔다. 주소를 알려 주며 저녁까지 남양주의 세트장으로 오라고 했다. 대중교통을 이용해서 가는데 집에서는 꽤 먼 거리다. 촬영이 끝나면 밤일 거라 대중교통으로 돌아가는 건 불가능하다. 도착해서 스태프에게 물어보니, 촬영이 끝나면 준비된 차로 태워 줄 거라고 했다.

영화과의 졸업 작품이 원래 이렇게 규모가 큰가 싶을 만큼 많은 사람이 모였다. 스태프의 안내에 따라 감독에게 가서 오늘 찍을 장면에 관해 설명을 들었다. 설명은 그리 길지 않았다. 마음속으로 이곳에서 내가 할 일을 정리한다.

'찍을 장면은 두 개. 하나는 오열, 하나는 자위.'

내용과 역할을 묻지 않은 내 탓일까. 지금이라도 못 하겠다고 해야 하나. 온갖 경우의 수를 생각한다. 차가 없어서 도망갈 수도 없다.

첫 장면은 오열이다. 내 앞에 카메라가 세팅되고 앞에는 상대 배우가 앉아 있다. 내가 맡은 역할은 팬티를 훔쳐서 엄마에게 혼나는 학생이다. 많은 이들이 카메라 뒤에 서 있고,

카메라 앞에는 나뿐이다. 이곳에 나를 구원해 줄 수 있는 사람은 없다. 생각이 멈춘 채로 눈물은 나오지 않고, 스태프들이 수군대는 소리가 의식되기 시작한다.

"슬픈 상상을 해 보세요."

카메라를 잡은 스태프가 말한다. 오열하지 않으면 이 사람들과 나, 모두 집에 갈 수 없다. 감독은 잠시 촬영을 멈추고 나를 따로 불러낸다. 그가 담배를 물며 말한다.

"내 현장 망치러 왔어요? 이 작품 나한테 엄청 중요해. 근데 지금 뭐 하는 짓이야."

교실에서 함께 소설을 보던 사람은 사라졌다. 분명 내게 하는 말인데 내가 들어서는 안 될 것만 같은 말. 내가 지금 화를 내야 하는 건가. 어떻게 반응할지 정하기도 전에 그가 갑자기 웃으며 말한다.

"어때요? 지금 기분 나빴죠? 농담 반 진담 반이긴 한데, 지금 그 기분 가지고 연기해 봐요."

나는 영화에 대해 잘 모른다. 그러나 이게 연기 지도가 아니라 폭력이라는 것쯤은 알 수 있었다. 다시 카메라 앞에 선다. 지금 내게 일어난 일들을 하나하나 되짚어 본다. 몇 분 지나지 않아 눈물이 터졌다. 억울해서 울었는데 감독은 '오케이'를 외친다. 이제 스태프들은 다음 장면을 준비할 수 있고, 나도 곧 집에 갈 수 있다. 만약 내가 못 찍겠다고 했으면 어떤 반응이었을까. 나는 나쁜 사람이 됐을까. 내가 나를 지키는 게 다수에게 나쁜 짓을 하는 것 같은 상황이, 내 삶에서 다시는 되풀이되지 않기를 바라며 통곡했다.

탈진하듯이 울고 나서 다음 장면을 준비한다. 자위를 연기해야 한다. 빨리 찍고 탈출하는 것 이외에는 다른 방법이 떠오르지 않는다.

"진짜로 하면 큰일 나니까 하는 척만 하면 돼요."

감독은 웃음을 잃지 않고 말한다. 카메라 뒤에 서 있는 스태프와 눈이 마주친다. 같이 창작 수업을 듣는 학생이다. 다음 주에 만나면 어떤 표정을 지어야 하나. 아니, 저 사람은 내게 어떤 표정을 보여 줄까.

촬영이 모두 끝나고 스태프의 안내에 따라 준비된 승용차에 탄다. 엄마와 비슷한 연배로 보이는 사람이 운전석에 앉아 있다. 스태프의 소개에 따르면 감독의 어머니라고 한다. 이곳에서 감독은 울 일이 생기면 엄마에게 달려갈 수 있다. 차에서는 가는 내내 찬송가가 흘러나온다. '나는 그의 어린 양' 같은 가사가 귀에 들어온다.

몇 달이 흐르고 영화과 졸업영화제에 초대한다는 문자가 왔다. 잊고 있던 작품이 떠올랐다. 지금도 그 영화의 완성본은 어딘가를 떠돌고 있을 거다. 어디선가 단편영화제가 열리면, 출품작들의 제목을 보는 습관이 생겼다.

촬영이 끝나고 어떤 항의도 하지 못했다. 몸으로 느끼는 부당함에 대해 부당하다고 말할 수 없던 그 순간이, 지금도 내 몸속에 피처럼 돌고 있다. 나는 그날 몇 뼘 정도 죽었다. 남양주 세트장에서 나는 나의 일부를 박탈당했다.

자신을 원망하는 것으로 마침표를 찍기로 하고, 그날의 일을 기록으로 남겼다. 몇 년이 지났고, 일기장을 펴 그날의 글을 읽는다. 나는 더 이상 나를 원망하지 않기로 결심했다. 오래전 마침표를 찍은 그때의 일을 수정한다. 마침표를 쉼표로 바꾸고 이야기를 이어 나간다. 이 글이 책으로 나오는 그날, 당신에게 이 책을 보내겠다. 그날 일기장에 적힌 이야기의 마무리는 스스로에 대한 원망 대신 당신의 사과여야 한다. 이제 나는 당신의 응답을 기다리겠다.

일기보다
소설

일기를 쓸 때조차 그 일기를 보게 될 미래의 나를 의식하며
솔직해지는 데 실패한다. 어차피 솔직해지지 못할 거라는 생
각에, 차라리 일기보다 소설을 쓰는 게 속편한 요즘이다.

인간
디톡스

"형, 소개팅할래요?"

아는 동생에게서 오랜만에 연락이 왔는데, 대뜸 소개팅 이야기다. '소개팅'이라는 단어에 연애를 상상한다. 상상은 경험을 토대로 전개되고, 밝은 미래보다 상처받았던 과거부터 떠오른다.

"나 디톡스 중이야."

레몬 디톡스가 아니다. 레몬 디톡스를 해 왔다면 지금처럼 살이 찌지는 않았을 거다. 한의원에서 디톡스를 추천받은 적이 있는데, 굶는 거나 다름없는데 너무 비싸서 빠르게 포기했다. 한의원에서 알려 준 먹어서는 안 될 음식 목록은 내가 좋아하는 음식 목록과 일치했다. 혼자 디톡스를 해 볼까 알아보던 차에 시작한 건 '인간 디톡스'다. 몸에 하는 디톡스의 방법론을 인간관계에 적용해서, 관계의 독소를 제거하기 시작했다.

"괜찮은 사람인데 일단 만나보는 거 어때요?"

억지로 하면 탈이 난다. 관계에서 탈이 나기 시작했다. 음식물을 섭취하면 배설하는 몸과 달리, 관계에는 비움이 생략되곤 한다. 만성 변비처럼 안 좋은 것들을 품고 가는 관계가 지속됐다. 배설하지 못해 힘들어하는 몸처럼 마음이 아팠다. 항문을 장과 마음이 공유해서, 마음에 안 좋은 것도 빠져나가면 좋을 텐데 몸은 그렇게 설계되지 않았다.

인간 디톡스를 위해서는 연락처 정리가 필수다. 핸드폰에 저장된 전화번호부를 본다. 한동안 연락하지 않은 이들이 대다수다. 이런저런 이유로 남겨둘까 하다가, 괜히 쓸데없이 연락할까 싶어서 지운다. 연락도 없는 사람한테 아쉬운 마음에 연락하는 내 모습을 보기 싫다. 생각날 때마다 지우다 보니 이제 저장된 번호가 얼마 없다. 그 안에는 지우는 데 실패한 번호도 있다.

전화번호부 정리 후 카카오톡을 켠다. 카카오톡에서도 삭제해야 완전하게 지웠다는 느낌이 든다. 이름과 숫자로만 구성된 전화번호부와 달리, 카카오톡은 프로필 사진 때문에 생각이 많아진다. 오래도록 연락 안 한 지인들의 프로필 사진을 본다. 작은 동그라미 안의 사진이 내겐 안부다. 그 사진을 보며 그들이 어떻게 지내고 있는지 확인한다. 몇 달째 프로필 사진이 바뀌지 않는 이가 있고, 볼 때마다 바뀌는 이가 있다. 처음 만났을 때부터 연애를 꿈꿨지만 표현 한번 못하고 바라만 본 이는 누군가의 연인이 됐다. 결혼 소식을 듣지 못했는데 결혼을 한 이가 있고, 최근에 간 여행지를 배경으로 사진을 찍은 이도 있다. 말 한마디 나누지 않고 사진을 통해 안부를 전해 듣는다. 안부를 상상한다는 말이 좀 더 적절할까.

몇 년 전까지만 해도 연애에 미쳐 있었다. 한 사람에게 푹 빠져서 헤어나오지 못하는 낭만적인 상황이면 좋겠지만 그건 아니었다. 그저 누군가를 만나야만 안도감을 느끼는, 달리 말해 누군가를 만나지 못할 때 불안을 느끼는 상태였다. 내가 좋은 사람이라는 걸 증명하기 위해 누군가를 만났고, 관계가 끊어질까 봐 무서웠다. 연애라고 부르기도 민망한 짧은

관계의 연속이었다. 금방 사랑에 빠지고, 아니 사랑에 빠졌다고 최면 걸듯이 믿고 시작하는 관계는 끝이 뻔하다.

연애로 나 자신을 증명해야 하는데, 연애가 잘 안 되니 불안했다. 연애에 실패했으므로, 나는 좋은 사람이 아니라고 믿었다. 자존감이 떨어졌다. 떨어진 자존감과 함께 내 별명은 '호구'가 됐다. 멋진 사람이 나타나면 시작도 전에 포기하고, 관계가 시작되어도 나를 낮추기 바빴다. 상대에게 맞추는 게 당연했고, 내 욕망은 살펴보지도 않았다. 그럴듯한 애인 역할을 잘 소화했다고 생각했지만, 자신이 원하는 게 무엇인지도 모르는 사람이 매력적일 수는 없다. 끝난 인연에 미련이 없기에 과거의 인연은 금방 잊는데, 몇몇 말들은 마음에 자기 자리를 만들어 놓은 것처럼 계속 내 곁을 맴돈다.

마지막 연애가 끝나고 인간 디톡스를 시작했다. 디톡스가 몸에서 독소를 빼듯, 인간 디톡스를 통해 관계의 독소를 뺀다. 관계의 독소가 빠지고 나면 결국 남는 건 '나'일 거다. 타인에게 신경을 곤두세우고 맞추는 동안 가장 많이 소외된 건 나 자신이었으니까. 이제는 솔직해지고 싶다. 내가 원하는 것을 스스로에게 물어보고, 솔직한 내 모습을 상대에게 보여 주고 싶다.

"괜찮은 사람인 거지? 그럼 너 믿고 한다."

프리랜서 에디터라고 말하면 상대가 싫어하지 않을까. 인간 디톡스를 시작한 게 프리랜서가 된 시기와 겹치는 건 우연이 아닐지도 모른다. 가진 게 별로 없으니 인간관계도 줄이자는 마음이 포함되어 있을 거다. 내 직업을 듣고 뭐라고 생각할까. 남을 많이 의식하는 버릇이 솔직해지는 걸 막으려 하지만, 자연스럽고 솔직하게 나를 보이려 한다. 솔직한 사랑에 성공하기 위해 시작한 디톡스니까.

나만 이러고 사는 건 아니겠지

손인사

시력이 안 좋다. 아는 사람인 줄 알고 인사했는데 모르는 사람이어서 나나 상대방이나 당황했던 적이 많다.

이젠 그런 일이 줄어들었다. 시력이 좋아진 건 아니다. 단지 먼저 손을 흔드는 일이 줄어들었을 뿐.

좀 더 좋아진 거라고 생각할 것이다. 더 이상 누군가를 당황시킬 일 따위 없을 테니.

들키지
말지
그랬어

연락을 잘 안 하는 친구들이 있다. 언제나 내가 먼저 연락하고, 내가 더 챙기는 이들. 원래 사람들이랑 연락을 잘 안 한다며, 그럼에도 챙겨 줘서 고맙다고 말한다. 그 말에 감동하여 더 열심히 챙기며 인연을 이어 나간다.

그런데 그 사람과의 대화에서 문득문득 그 사람이 누군가를 위해, 어떤 관계를 위해 노력하는 흔적을 보게 될 때가 있다. 내게는 하지 않는 노력을 타인에게 하고 있음을 알아채는 순간들. 그럴 때면 허무해지고 비참해진다.

당연하다는 것처럼 위험한 것은 없다. 관계에 있어서 노력하지 않는다는 것은 기질의 문제가 아니다.

얼굴의
계절변경선

거울을 본다. 턱 쪽에 여드름이 올라왔다. 흔한 얼굴에 아름다운 특이점이 생기면 좋을 텐데, 찾아오는 거라고는 여드름뿐이다. 검지로 왼쪽 턱 끝부터 오른쪽 턱 끝까지 쓱 문지른다. 턱 선을 따라 붉게 자리를 잡기 시작한 여드름이 드문드문 만져진다. 손가락에 닿는 감촉으로 알 수 있다. 그래, 이제 가을이네. 뒤집어지는 피부에서 계절이 바뀌는 걸 느낀다. 계절이 바뀌고 있을 땅을 목격하지는 못하지만, 내 얼굴이 계절변경선을 품은 대지라도 되는 듯 만진다. 여드름이 난 부위에 연고를 바른 후 옷장 한쪽에 정리해 둔 가을 옷을 꺼낸다. 가

나만 이러고 사는 건 아니겠지

을을 좋아하지만, 가을의 내 얼굴은 좋아하지 않는다.

'가을 냄새'라는 말을 쓰는 이들이 있다. 나는 코가 둔해서 계절의 냄새가 무엇인지 모른다. 나처럼 둔한 이들이 알 수 있는 냄새라고는 은행 냄새뿐이다. 여름에서 가을로 넘어가는 냄새가 무엇인지 묻는다면 은행의 지독한 냄새라고 답하겠다.

바닥에 떨어진 은행을 요리조리 피해 보지만 끝내 피하지 못하고 밟고 만다. 어느 때엔 밟은 줄도 모르고 돌아다니다가 집까지 은행을 달고 들어온다. 며칠째 밖에 나가지 않아서 바깥 날씨를 모르는 동생이 내가 들여온 은행 냄새로 가을이 왔음을 깨닫는다. 무더운 여름에, 방에 은행을 갖다 두면 단숨에 계절이 바뀔 것만 같다. 내 피부도 덩달아서 뒤집어지겠지만.

작년 이맘때쯤 함께 시간을 보냈던 니트와 가디건을 꺼낸다. 계절의 냄새를 맡을 수는 없지만, 옷에서 나는 냄새는 맡을 수 있다. 혹시라도 보관하는 동안 곰팡이라도 생겼을까 봐 옷을 코에 가져다댄다. 옷의 질감에서 나는 냄새가 있고, 옷에 묻어나는 냄새가 있다. 운동할 때마다 입는 윈드브레이커 목깃에는 드라이를 해도 사라지지 않는 땀 냄새가 묻어난다. 땀의 소금기 때문인지 하얀 옷이 점점 누렇게 변한다. 하얗고 긴 털이 묻은 니트도 있다. 고양이를 키우지 않는데 어디서 이런 털이 나온 걸까. 무엇인가 묻었다는 걸 한 해가 지나고 나서야 알았다.

청계천을 걸을 때마다 입던 가디건에는 물비린내가 묻어나고, 결혼식 때마다 입던 재킷에는 식장의 촛불과 꽃 냄새가 난다. 결혼의 설렘을 떠올리기엔 온갖 것이 합쳐진 복잡한 냄새다. 사실 결혼하는 당사자를 제외하고는 딱히 설렐 이들이 많지 않을 거다. 결혼하는 당사자도 설레는 만큼이나 머리가 복잡할 거고. 내 삶에도 결혼이 있을까. 혹시나 하더라도 환절기에는 하지 말아야지.

"얼굴에 뭐가 그렇게 많이 났어?" 환절기마다 들었던 말이다. 사랑하는 이에게 들은 적도, 처음 보는 이에게 들은 적도 있다. 그들 중 누군가의 냄새는 내 옷에 묻어 있다. 누군가에 대한 기억이 피어오른다. 어떤 기억들은 내게 여드름 같다. '환절기가 지나면 괜찮겠지'라고 생각하며 참았던 순간들. 그러나 모진 말들은 여드름 흉터처럼 환절기가 지난 뒤에도 남아 있다. 치우고 닦아도 쉽게 지워지지 않는 은행 자국처럼. 사람들이 무수히 밟아야 비로소 사라지는 은행 자국처럼, 나도 계속 밟히다 보면 내 안의 여드름 같은 기억들이 사라질까.

환절기에는 걱정이 늘어서 얼굴이 이런 건지도 모르겠다.

엄마,
김밥
사 왔어

내가 아이였을 때, 외모보다 '띠'가 더 중요했다. 내가 용띠라는 것에 자부심을 느꼈다. 딱히 잘하는 게 없는 내가 용띠라는 이유만으로도 신비롭고 멋진 존재가 된 것 같았다. 그런데 학교에 입학해 보니 모두 용띠였다. 더 이상 띠의 구별이 무의미해졌다. 1순위 판단 요소였던 띠는 그렇게 무색해졌고, 외모나 특기 등으로 서로를 구별하기 시작했다. 나는 '뚱뚱하고 딱히 잘하는 게 없는 사람'. 학교에서 익힌 기준으로 가족들을 바라본다. 돼지띠인 아버지는 몸무게 때문에라도 어디 가나 별명이 돼지였고, 토끼띠인 엄마는 토끼처럼 뛰어

다니기보다 늘 집에 머무는 사람이다.

한동안 외할머니 집에 못 가서 혼자 외할머니 집에 갔다. 외할머니는 내 얼굴에 여드름이 올라오면 피부가 왜 그러냐고 무심하게 묻는다. 그 말이 싫어서 피부가 뒤집어진 날에는 외할머니 집에 안 가려고 하는데, 하필 오늘 내 얼굴이 그렇다.

"꼭 네 엄마처럼 그렇게 여드름이 올라오는구나."

엄마가 여드름이 안 나는 체질인 줄 알았는데 아니었다. 부모님은 피부에 뭐가 잘 안 나서 왜 나만 피부가 이러나 싶었는데 역시 피부는 타고나는 거다. 외할머니는 이런 식으로 내가 모르는 엄마의 과거를 무심하게 말할 때가 많다. 그때마다 선배 사관인 외할머니로부터 엄마의 역사를 물려받는 기분이다.

"네 엄마는 김밥을 좋아해."

엄마는 김밥을 좋아한다. 뷔페에서도 김밥을 먹는다. 아버지는 뷔페에서 비싼 음식 안 먹고 김밥을 먹는다고 엄마에게 잔소리한다. 나이를 먹으면 먹을수록 암암리에 정해진 계급 때문에 짜증이 나는데 음식까지 계급이 있어야 하나 싶다.

"김밥을 먹다가 운 적이 있는데, 물어보니까 너무 맛있어서 그렇다고 하더라."

엄마는 김밥을 먹다가 우는 사람이었던 거다. 너무 맛있어서 울 수 있는 사람이다. 눈물이 거의 없는 내게는 상상도 못 할 일이다. 김밥에 감탄하는 것도 유전이려나. 지금은 아니지만 내가 나중에 자식을 낳고 뷔페에서 김밥을 먹다가 운다면, 그래서 아이가 왜 그러냐고 물으면 뭐라고 대답해야 좋을까. "이건 유전이니까 너도 나처럼 될 거야"라고 말하면 사려 깊은 부모가 될 수 있나.

"너희 엄마가 그래도 너희 끔찍하게 아끼지 않니."

내가 봐도 엄마는 나와 동생에 대한 애정이 크다. 바라는 게 많을 텐데 숨기고, 별거 없는 자식들인데 자랑거리로 생각한다. 아버지는 가끔 엄마를 보며 맨날 자식만 챙긴다고 섭섭함을 토로한다. 무심한 아버지가 태연하게 엄마에게 저런 말을 할 때면 당황스럽다. 나와 동생이 엄마에게 하는 적극적인 리액션은 생각도 안 하고 저런 발언을 뻔뻔하게 하다니. 각자의 반응을 촬영해서 보여 주면 알게 되려나.

"사람을 좋아하지, 사람을."

엄마는 사람을 좋아한다. 동네 에어로빅 학원이나 절에

서 리더십을 발휘하는 사람이다. 엄마의 전화 통화를 곁에서 듣는 것만으로도 알 수 있다. 엄마는 어디서나 필요로 하는 사람이고, 퍼 주기 좋아하는 사람이다. 씀씀이가 큰 엄마를 늘 걱정한다. 엄마의 큰 손이 부부싸움의 원인이 되기도 하니까. 가부장적인 아버지와 씀씀이가 큰 엄마. 부부싸움을 목격할 때마다 두 사람을 공평하게 미워하려고 노력한다.

"네가 스님 덕을 크게 봤으니 절에 열심히 다녀라."

외할머니가 입버릇처럼 하는 말이다. 내가 아이였을 때, 열심히 기도해 준 스님 덕분에 아픈 게 나았다고 한다. 장담하는데 그때 나아진 건 전적으로 엄마 덕분이다. 지금 내가 가진 건강함은 타고 난 부분과 후천적인 부분 모두 합해서 엄마가 만든 거다. 내가 가진 나쁜 건 운명이 줬고, 좋은 건 엄마가 줬다.

"엄마가 고생이죠."

외할머니와의 대화에서 나의 마무리는 늘 이 말이다. 늘 엄마가 고생이다. 엄마는 마이너스 펀드 같은 나에게 왜 자신의 삶을 투자했을까. 엄마가 준 원금과 이자를 다 갚으려면 평생도 턱없이 부족하겠지만, 앞으로는 최대한 연체와 추가 대출 없이 살고 싶다.

'그런데 왜 엄마는 떠나지 않았지?'

엄마에 대한 생각은 늘 이 질문에서 멈춘다. 묻고 싶었지만 내가 원치 않는 답이 나올까 봐 미룬 질문들. 왜 도망가지 않았어? 가부장적인 아버지한테서 왜 도망치지 않았어? 스물여섯에 결혼해서 두 아이를 낳고, 애교도 없고 예민한 사춘기를 보낸 자식들을 보면서 도망치고 싶지 않았어?

눈을 뜨면 거실에 엄마가 있다. 내가 대학에 들어가기 전까지 엄마는 아침마다 나를 깨웠다. 식탁에는 밥과 찌개가 있고, 몇 가지 밑반찬이 있었다. 땀 냄새로 가득한 교실에서 섬유유연제 향이 나는 교복과 체육복은 내가 유일했다. "너 엄마한테 사랑받고 있구나." 같은 반 친구들과 선생님이 말하곤 했다. 난 그게 당연하다고 생각했다. 엄마를 당연하게 여겼다.

엄마는 토끼띠니까, 띠는 타고난 거니까 언제든 뛰어서 도망갈 수 있지 않았을까. 왜 도망가지 않았느냐고 묻는 순간조차 엄마의 손을 꽉 붙잡고 있을 거다. 아니 그 전에, 엄마가 도망가려고 옆을 보면 엄마 눈에는 두 자식에게 묶인 손이 보일 거다. "그런데 왜 엄마는 도망가지 않았어?" 그 질문의 답이 '나'일까 봐, 아니 나라는 걸 알아서 오늘도 그 질문

나만 이러고 사는 건 아니겠지

을 미룬다.

"엄마, 김밥 사 왔어."

내가 운다면 그건 김밥 때문이 아니라 엄마 때문이다. 왜 우느냐고 묻는다면, 내 삶이 맛있어진 게 엄마 때문이라서. 당연하지 않았을 텐데, 당연한 척 머물러 준 엄마 때문이라서.

나의
장례식

중학생 때였나, 유서를 써 본 적이 있다. 죽음을 예감해서는
아니고, 선생님이 시켜서였다. 당시에는 죽음이 너무 멀게 느
껴져서 몰입하기 힘들었다. 어떻게 쓰면 선생님께 칭찬을 받
을 수 있을지 생각하며 작성했던 기억이 난다. 칭찬받을 만
한 유서라니, 지금 생각해 보면 우스운 발상이다. 유서를 과
연 누가 평가할 수 있겠는가.

지금 내게 유서를 쓰라고 한다면 구글에 '유서 쓰기'를 검
색할 것 같다. 가진 게 없어서 남길 건 없다. 갚지 못한 학자
금 대출은 어떻게 되는 걸까. 아직 당근마켓으로 팔지 못한

나만 이러고 사는 건 아니겠지

신디사이저는 버려지게 될까. 늘 복수심에 불타 있지만 죽기 전에 쓰는 글에 미워하는 사람들 이름을 남기는 건 마지막에 걸맞지 않다는 생각이 든다. 생각해 보면 타인 때문에 힘은 들었어도 타인 때문에 죽고 싶다는 생각은 안 했던 것 같다. 억울해서라도 남 때문에는 못 죽는다. 보란 듯이 잘 사는 게 최고의 복수라는 걸 몸으로 배웠으니까.

여태까지 장례식에 가 본 게 몇 번인지 잘 기억이 안 난다. 내게 장례식장은 늘 비현실적인 공간이다. 죽은 사람을 위해 산 사람들이 모인 공간. 눈물이 넘쳐나지만, 눈물이 친분의 증거가 되는 건 아니다. 마음으로 우는 걸 알아차릴 만한 기술이 내겐 없다. 친구들의 부모님 장례식에서는 어떤 위로를 해야 할지 모르겠다. 마음이 아플 거라고 짐작할 뿐 그 크기를 알 수 없어서 함부로 어떤 표정을 짓지 못한 채 침묵한다. 느껴 본 적 없는 감정을 아는 척하지 못하는 사람으로 자라났다.

장례식은 산 사람에 의해서 이뤄진다. 죽은 자가 어떤 걸 원했어도, 최종 결정은 산 자들에 의해 이뤄진다. 산 자가 죽은 자의 마음을 헤아려서 임의로 무엇인가 결정하는 순간도 많다. 죽은 자에 대한 평가가 이어지기도 한다. 술까지 한잔 하고 죽은 이에 대해 함부로 이야기하는 이들도 간혹 있다. 이 모든 걸 지켜보는 죽은 자는 어떤 생각을 할까. 죽은 자는 말이 없다.

내가 죽으면 어떤 이야기가 오갈까. 부모님은 나에 대해 잘 모른다. 부모님은 그저 믿고 싶은 대로 믿는다. '내 자식은 이런 사람일 거야' 믿고 싶은 것을 믿으며 나에 대해 이야기할 거다. 부모님에게 진짜 나를 보여 준 적이 있나. 부모님을 실망시키는 나날의 연속이었음에도, 가끔은 나의 능력을 과장해서 말하곤 했다. 나 또한 부모님의 진심을 모른다. 부모님의 마음을 추측할 뿐이다. 부모님과 나는 서로를 추측하고, 믿고 싶은 대로 믿어 왔다.

진짜 나를 아는 건, 동생뿐이다. 일기조차 미래의 나를 의식해서 솔직하게 못 쓰는 내가, 동생 앞에서는 솔직하다. 나도 모르게 동생에게 준 상처가 있을 거고, 나쁜 영향도 많이 주었을 거다. 솔직함이라는 이름으로 포장한 채 안 좋은 내 모습을 보여 왔다. 동생아, 너 말고는 진짜 내 모습을 아는 사람이 없다. 네가 사라지면, 진짜 내가 사라지는 것일지도 몰라. 제일 친한 친구가 동생이라고 말하고 다니는 건, 진짜 내 모습을 동생에게만 보여 줄 수 있기 때문인지도 모른다.

"진짜 나를 알고 싶다면 동생에게 물어 봐."

유서를 남긴다면, 남길 말은 이것뿐일 것 같다. 진짜 나를 아는 건 동생뿐이니까. 그런데 이러면 동생이 부담스러울 텐데. 아니, 부담을 가질 만큼 내 장례식에 사람들이 많이 오긴 할까. 누군가 동생에게 나에 대해 묻는다면, 동생은 나를 배려한답시고 말을 가려서 할까. 진짜 나는 너무 쓰레기 같은 존재라서 노골적으로 말하기는 힘들지 않을까. 동생은 사실 이런 내가 밉지 않았을까. 동생의 진짜 얼굴을 아는 것도 나뿐일까. 내가 사라지는 게 너에겐 무슨 의미니. 오그라드는 질문이므로 하지 않기로 한다.

죽을 때가 되어도 나란 사람은 궁금한 게 많을 거 같다. 눕는 순간까지 물음표의 연속일 거다. 아니, 죽어서도 나의 장례식 풍경이 궁금할 거 같다.

2 _____ 여전히 어려운 게
많은 어른

어른이 되면 자연스럽게
이뤄질 줄 알았던 것들은 알고 보니
여러 조건이 맞아떨어져야
획득 가능한 것들이었다.

시간만 때워도
결과가
있다면

26살에 군대에 갔다. 늦은 나이였던 만큼 주변에서 걱정도 많이 했지만, 어떤 면에서 늦은 나이가 편하기도 했다. 물론 군대라는 집단의 특성상 좋기만 할 수는 없었지만, '전역'이라는 목표는 그저 시간만 흘러도 도달하는 것이기에 딱히 걱정이 없었다. 게임으로 치면 퀘스트 완료 조건이 '시간만 흐르면 됨'인 것이다. 군대에 오기 전에 고민이 많았던 건 주도적으로 뭔가 하는 게 쉽지 않아서였는데, 군대는 시키는 것만 해도 전역이라는 목표에 다가갔다.

군대의 시간은 끝이 나고 직장인이 되었다. 직장에서는

나만 이러고 사는 건 아니겠지

위에서 시키는 일이 있고, 내가 주도적으로 해야 하는 일이 있다. 시간만 보내서는 안 된다. '성과'라는 걸 내야 한다. 성과를 위해서는 아이디어와 실행력뿐만 아니라 시간 활용이 중요하다. 나름대로 최선을 다했지만 위에서 보기에는 나의 퍼포먼스가 별로일 수도 있다. 직장에서는 '시간'이 아니라 '결과'가 모든 걸 증명한다.

글 하나가 완성되기까지, 쓰는 시간보다 망상을 하는 시간이 더 길다. 하루에 두 시간은 글을 쓴다고 말했을 때, 막상 집중해서 '글을 쓰는' 시간은 얼마나 될까. 모니터를 열심히 바라본다고 해서 글이 완성되는 일은 없다. 두 시간 동안 머리로 한 생각이 자동으로 정리되어서 워드 파일로 완성되면 좋겠으나, 그런 일이 없다는 걸 누구보다 잘 알고 있다.

어렸을 적에는 성장 속도가 빨라서 매일매일 크는 게 느껴졌다. 그저 하루 세끼 밥을 먹고 잠만 잘 자도 몸이 자랐다. 30대가 된 지금은 성장은커녕 후퇴만 안 해도 안도하는 나날이다. 몸은 시간이 흐를수록 약해진다. 식단 관리나 운동 없이 그저 시간만 보내다 보면 약해지는 걸 너머 점점 나빠질 거다. 하루가 다르게 쑥쑥 크던 시절에는 시간만 보내도 20대, 30대에 내가 원하는 모습이 되어 있을 줄 알았다.

도둑놈 심보로 상상해 본다. 시간만 때워도 원하는 결과가 나오면 얼마나 좋을까. 하지만 멍하니 시간을 때우면서 목격할 수 있는 건 내가 늙어 간다는 현실뿐이다. 오늘도 글 쓰기 귀찮아서 멍하게 있다가, 멍하게 있어도 결과물이 뚝딱 나오는 상상을 써 본다.

시간만 때웠을 뿐인데, 내일이 찾아온다.

나만 이러고 사는 건 아니겠지

나도 모르는
나의 문제들

토요일인데 평일보다 일찍 일어났다. 병원에 가야 했기 때문이다. 평소에 스트레스를 받으면 이를 꽉 무는 버릇이 있고, 동생의 증언에 따르면 이갈이를 할 때도 있다고 해서 구강내과에 다녀왔다. 스케일링을 받으러 간 치과에서 구강내과에 가 보라고 한 것인데, 여러 군데에 전화를 돌리고서야 예약을 할 수 있었다.

"턱 디스크에 문제가 있는 것 같아요."

턱에도 디스크가 있다는 걸 전혀 인지하지 못했다. 의사의 설명 앞에서 무지한 환자는 고개를 끄덕인다.

구강내과에 가게 된 결정적인 이유는 몇 주 전부터 입이 벌어지지 않아서다. 햄버거를 예전처럼 입에 욱여넣을 수 없어서 여러 조각으로 잘라 먹다 보니 병원에 가야겠다 싶었다. "먹고살자고 하는 짓 아니냐"라는 말을 입버릇처럼 하기에, 먹을 때 불편함을 느낀다면 병원에 가야 한다. 내가 하는 노동부터 취미까지 모두 다 결국 먹고살자고 하는 짓이니까. 햄버거를 단숨에 한 입에 베어 물고 싶으니까.

마우스피스처럼 생긴 걸 잘 때 끼고 자면서 치아에 가는 압박을 줄여 주는 게 좋다고 한다. 설명을 듣는데 문득 억울하다는 생각이 들었다. 매일 컴퓨터 앞에 앉아 작업을 하니 마우스나 키보드 사용으로 생긴 손목 통증이야 그러려니 하는데, 나도 모르게 하는 이갈이 때문에 생긴 문제라니. 나도 모르는 내 습관이 나를 병들게 하다니. 무의식의 나도 나이므로 내가 책임져야만 한다. 그리고 책임에는 비용이 든다.

가격 안내를 받으면서 숫자 하나가 잘못 붙었나 싶었다. 예상 못한, 그것도 내 기준에서 꽤 큰 지출이다. 잠시 고민을 하다가 결정을 미룬다. 다른 병원들과 가격을 비교하고 결정하기로 한다. 물리치료까지 추가로 받아야 하는데, 지하철을 세 번이나 갈아타야 하는 곳이니 고민이 필요하다. 빠르게

나만 이러고 사는 건 아니겠지

합리화를 시작한다.

돈 때문이라고 생각하면 서글퍼지니까, 돈이 아닌 다른 이유라고 생각해 본다. 건강에 쓰는 비용 치고는 비싸지 않은 거라는 단호함도 더한다. 그럼, 내 건강은 얼마짜리지? 물어볼 대상은 의사가 아니라 나 자신인데, 나는 내 건강의 가격을 모르겠다.

사실 이갈이 말고도 나를 힘겹게 하는 습관이 몇 가지 있다. 이갈이처럼 아예 몰랐던 게 아니라는 점에서 더 심각하다. 게으름, 검열, 타인에 대한 의식 등이다. 욕심은 많은데 게으름도 만만치 않아서 늘 글 쓰는 걸 미뤄 왔다. 막상 쓰려고 할 때는 각종 자기 검열로 아예 시작도 못 할 때가 많다. 남이 내 글을 어떻게 볼지 생각하느라 정작 '나'가 잘 반영되지 않아서 쓰다가 만 글도 많다.

그러니까 이갈이보다 게으른 손을 해결하는 게 지금 당장은 더 급해 보인다. 지금 당장 글을 쓰면 해결될 일인데, 게으름도 병원에서 해결할 수 있을지 검색해 본다. 나도 모르는 사이에 이뤄지는 이갈이, 잘 알고 있지만 모른 척하는 게으름 중 무엇을 먼저 고칠 수 있을까.

자이로드롭

제일 좋아하는 놀이기구는 자이로드롭이다. 타는 순간 후회하지만 끝나면 한 번 더 타고 싶어진다. 올라갈 때는 내가 얼마나 겁이 많은지 확인하고, 내려오고 나면 이거 하나 탔다고 우쭐해진다. 무서운 건 순간이고, 그 순간을 지나고 나선 무서움을 극복한 사람이라고 믿고 산다.

무엇인가를 시작하는 일은 늘 두렵다. 시작이 무서울 때마다 탈 수 있게, 집 근처에 자이로드롭이 있으면 좋겠다. "별 것 아니잖아"라고 말할 수 있게.

나만 이러고 사는 건 아니겠지

시를
되찾을 수
있을까

태어나서 처음으로 가족이 아닌 이에게 인정을 받은 건 초등학교 1학년 때다. 선생님이 동시를 써 내라고 했고, 나는 '금붕어'에 대한 시를 썼다. 부모님은 읽고 좋아했으나, 어린 나이에도 부모님의 칭찬은 기본값처럼 느껴져서 별 감흥이 없었다. 내게 만족감을 준 건, 선생님과 친구들의 칭찬이었다. 그렇게 나와 시의 인연이 시작됐다.

상장을 수집하는 공부 잘하는 친구나 축구를 할 때마다 경기를 주도하는 친구에 비하면, 시를 쓰는 나는 크게 인기를 끌지 못했다. 시는 인기를 얻기 힘든 종목이다. 그래도 내 존재에 대한 명분이 필요했기에, 계속 시를 썼다. 소아비만이었던 나의 목표는 몸보다 시로 주목받는 거였다. '인정 투쟁'이라는 말을 배우기도 전에 몸으로 실행해 왔던 거다. 칭찬은 아주 간헐적으로 찾아왔지만, 한 달에 한 번 있을까 말까 했던 그 칭찬이 나를 길렀다.

첫사랑은 이뤄지지 않는다는 썩 신뢰가 가지 않는 속설을 믿게 할 만큼, 이 인연은 순탄하게 이어지지 않았다. 초등학교 3, 4학년 때는 학교 방침인지 몰라도 일기장에 시를 쓰는 걸 허용했다. 그 말을 듣고는 가슴이 두근거려서 밤잠을 설쳤다. 시를 쓰는 게 좋아서라기보다는 내가 쓴 시를 칭찬해 줄 선생님을 상상하는 게 좋았다.

"일기가 쓰기 싫다고 이렇게 대충 시 써 놓고 때우려고 하니."

담임 선생님은 일기장에 시를 자주 쓰던 나를 불러서 말했다. 반 아이들 앞에서 그 말을 들은 나는, 일기를 쓰기 싫어서 대충 쓴 시로 일기장을 채우는 아이가 됐다. 일기보다 더 많은 시간을 들여서 쓴 시가 그런 취급을 받는 게 억울했다. 무엇보다도 시를 쓰면 칭찬받을 거라고 생각한 나 자신이 싫었다. 그렇게, 시를 잃었다.

나만 이러고 사는 건 아니겠지

시를 안 쓰는 동안 나는 다시 이도 저도 아닌 사람이 됐다. 5학년이 되어서는 일기장에 세상을 욕하는 이야기를 자주 썼다. 어느 날 담임 선생님이 앞에 나와서 일기장을 읽어 보라고 했다. 내가 봐도 너무 비관적인 내용이어서 '공개처형' 당할 걸 예상하고 화형을 앞둔 죄인의 모습으로 교탁 앞에서 일기를 읽었다. 그 와중에도 너무 자극적인 표현은 순화했다.

"시 한번 써 볼래?"

예상과 달리 선생님은 내가 쓴 글을 칭찬해 줬다. 얼마 후에 백일장이 있다면서 함께 준비를 해 보자고 했다. 욕만 먹다가 칭찬을 들으니까 이게 믿어도 되는 말인가 싶었다. 인정받음에 굶주려 있었기에, 고민은 뒤로 미루고 당장의 칭찬을 허겁지겁 삼켰다. 그리고 운 좋게도 백일장에서 상을 받았다. '다시 시를 써도 될까'라는 물음에 대해, 누군가 저 멀리서 고개를 끄덕여 준 기분이었다. 알아보기도 힘들 만큼 아주 미세한 끄덕임이지만, 그걸 믿고 전진하기로 했다.

고등학교 때는 문학반에서 문학소년을 자청하면서 백일장에 나갔다. 수업을 빠지고 백일장에 나가는 게 특권처럼 느껴졌고, 참여에 비해 수상은 저조해서 낮은 타율의 타자가 된 기분이었다. 공부보다는 시 쓰는 게 편해서 문제집 풀 시간에 글을 쓰곤 했다. 입시에 도움이 될 리 없고, 그렇다고 수상 기록이 많은 것도 아니기에, 이때부터 치열하게 합리화를 했다. 결국 글을 쓰다 보면 언젠가 도움이 되지 않을까.

문학소년은 결국 계속 시를 쓰고, 등단을 해서 지금도 시를 쓰고 있다. 이런 해피엔딩이면 좋겠으나 삶은 그렇게 순조롭게 흘러가지 않았다. 성적에 맞춰 들어간 대학에서 2년을 버티다 그만두고, 다시 수능을 봐서 4수생의 나이로 문예창작학과에 들어갔다. 문예창작학과 입학을 위한 실기시험의 시제는 '행성'이었다. 어릴 때 행성처럼 커 보이던 아버지가 점점 작아진다는 내용의 시를 썼다.

새롭게 시작한 대학생활에 들떠서 이것저것 해 보는 가운데 꾸준히 진행된 건, 시를 잃어가는 일이었다. 시 창작 수업을 들을 때마다 혼란스러웠다. 내가 좋아하는 시를 쓰면 욕먹고, 내가 써 놓고도 무슨 말인지 모르겠는 시를 쓰면 칭찬을 받았다. 남들이 좋다는 시집을 읽었는데 이해가 전혀 안 되었지만 좋아하는 척을 했다. 시를 쓰고 꾸준히 욕을 먹으면서 자연스럽게 시와 멀어졌다. 시에 대해 아는 척할 수 있는 사람이 되었는데, 시를 쓸 수 없는 사람이 되었다. 졸업

나만 이러고 사는 건 아니겠지

작품도 시가 아닌 소설을 제출했다.

누군가 시에 대해 물으면 시에 대해서는 아는 게 없다고 대답한다. 시뿐만 아니라 무엇을 물어도 선뜻 대답하기가 쉽지 않다. 무엇인가를 품었다가 잃어버리는 일은 살면서 무척이나 많았다.

임상실험을 하고 싶다. '잃었던 것을 찾을 수 있는가'. 누군가에게 물어서 얻을 수 있는 답이 아니라는 걸 알기에, 돌아가는 한이 있어도 내가 직접 찾아보려 한다. 타인의 칭찬이 좋아서 시를 품었고, 타인의 비난이 두려워서 시를 버렸다. 온전히 혼자가 되어서 시를 마주한 적이 있던가. 이번에 확인해야 할 일이다. 처음으로 금붕어에 대한 시를 썼던 때로, 백일장에서 처음으로 시를 써서 상을 받던 때로, 시가 좋았던 때로 돌아갈 수 있을까. 시를 다시 읽고 쓰기 시작했다는, 시를 되찾았다는 소식을 전할 수 있으면 좋겠다.

시작은
책상
정리부터

시를 되찾겠다고 거창하게 말했으나 시작이 쉽지 않다. 이럴 때는 내가 무엇인가를 시작할 때 했던 행동을 떠올린다. 수많은 시작의 순간에는 '책상 정리'가 있었다. 지금 당장 하고 있는 일과 직접적인 연관은 없어도 정리는 지극히 생산적인 행동이기에 합리화하기 편하다. 그러므로 시작은 책상 정리.

책상 정리를 하는 김에 집에 있는 시집들을 정리하기로 했다. 독서는 게을리해도 책 구입은 부지런하다. 소비에 별다른 취미가 없는데 책에 대한 소유욕은 강하다. 책을 손에 쥐기만 해도 그 책을 흡수하는 기분이 든다. 애석하게도 제목만 알고 내용은 모르는 책이 늘어나고 있지만. 얼마 전에는 작은 방을 가득 채운 책들 덕분에 책장 한 층이 무너졌다. 욕심인가 싶다가도, 소비야말로 가장 쉽게 획득 가능한 행복이기에 책 구입은 앞으로도 계속될 거다.

부끄럽게도 그동안 산 시집이 몇 권 안 된다. 소설과 비교하면 1/100도 안 될 듯하다. 다행이라면 '산 시집'은 얼마 안 되지만, '주운 시집'은 꽤 된다. 살면서 시집을 주울 일은 별로 없다. 아니, 책을 주울 일이 거의 없다. 쓰레기장에 누가 버린 걸 줍는다면 가능할지도 모르지만.

그렇다. 내가 책을 주운 곳은 쓰레기장이다. 군부대 내 쓰레기장. 군부대 근처 도서관에서 우리 부대에 책을 기증했는데, 기증인지 폐기 의뢰인지 모를 만큼 상한 책들이 많았다. 병사들이 책을 수레에 가득 담아서 상태가 안 좋은 책들을 버렸고, 일과가 끝난 뒤에 그 소식을 들었다. 생활관으로 돌아가는 길에 쓰레기장에 가득 쌓인 책을 봤고, 그중에 건질 만한 책이 있지 않을까 하는 생각으로 그 속에 뛰어들었다.

익숙한 표지가 눈에 들어왔다. 시인의 얼굴이 흘림체로 그려진 '문학과지성 시인선'의 표지였다. 나는 같은 디자인의 책을 닥치는 대로 챙겼다. 많이 상한 책들도 있었지만 읽다가 페이지가 부서질 정도는 아니기에 계속 건져 냈다. 쓰레기장에 있는 큰 박스에 시집들을 챙겨 담아 생활관으로 돌아갔고, 책과 내게서 나는 냄새 때문에 시집 권수보다 많은 욕을 먹었다.

그때 가져온 시집이 거의 백 권 가까이 된다. 정리를 끝낸 지금, 시집들이 방 한편에 쌓여 있다. 도서관에서 온 책이기에 책마다 811로 시작하는 라벨이 표지에 붙어 있다. 시인 이름이 한자로 적힌 시집도 많다.

문예창작학과에 입학하고 나서 '문학과지성 시인선 1번부터 100번까지는 무조건 읽는다'라고 호기롭게 외치고는 시작도 안 했다. 학교에서도, 군대에서도 읽지 않은 시집을 지금 내가 과연 읽을까. 어떤 순서로 읽는 게 좋을까. 읽는 방법은 따로 있다. 일단 손에 잡히는 대로 읽기로 한다. 시집을 읽기 전에 또다시 책상 정리를 하게 될지도 모르지만 책상 정리 한 번에 책 한 권을 읽을 수 있다면, 권수만큼 책상 정리를 해도 만족스러울 거다.

눈은 뾰족하지만
삶에는 뾰족한
수가 없는

"눈이 뾰족하다는 거죠."

의사는 차분하게 말했다. 중학교에 들어가면서부터 시력이 나빠졌던 나는, 스무 살이 되면 시력 교정 수술을 하고 싶었다. 그러나 안과에서 돌아온 답은 내 예상과 달랐다. 나의 눈은 라식이나 라섹을 할 수 없는 눈이라고 한다. 내 눈이 앓고 있는 건 '원추각막'으로 불리는데, 간단히 말하자면 눈이 뾰족한 거다. 수술을 하면 눈에 구멍이 날 거라고 했다. 과장인지 있는 그대로의 사실인지는 모르겠다. 확실한 건 내 눈은 남들과 다르다는 거다.

뾰족한 눈을 가졌지만 삶에는 딱히 뾰족한 수가 없다. 사람은 자신이 보고 듣고 경험한 것을 토대로 선택을 하는 법이라 잘못된 선택을 할 때마다 눈을 탓한다. 남들은 동그란 눈동자를 굴려 여러 경험을 담고 그래서 여러 가지 선택이 가능하지만, 나는 눈동자가 뾰족해서 담을 수 있는 것이 많지 않고, 굴려 봐야 선택지도 몇 개 없는 듯하다.

20대가 되고 처음으로 맞이한 겨울방학에 단편영화 연출부로 일했다. 가을에 갔던 학과 MT에서 영화를 좋아하는 선배와 밤새 영화 이야기를 한 게 계기였다. 제목만 알고 있던 영화를 본 척했고, 재미없게 본 영화여도 평론가들이 치켜세우는 작품이면 명작이라고 말했다. 취향을 자랑하기보다 임기응변하기 바빴던 대화의 끝에, 마침 선배가 방학 때 촬영에 들어간다고 해서 합류를 자원했다. 고등학교 때부터 영화를 좋아했기 때문에 영화 관련 작업에 대한 호기심이 컸다. 언젠가는 영화계에서 일하고 싶다는 막연한 꿈도 낭만처럼 품고 있었다.

걸작이라고 해서 봤는데 시시했던 영화들처럼, 처음 참여한 영화 현장은 기대와는 많이 달랐다. 밤새 웃으며 영화

이야기를 했던 선배는 5일간의 밤샘 촬영에 극도로 예민해졌다. 영화에 대해 주워들은 게 많다고 생각했는데, 막상 현장에서는 아는 게 없었다. 경력도 생각도 제각각인 이들이 모여서 촬영하느라 의견 대립이 생길 때는, 중재할 만한 좋은 방법을 생각해 내지 못하는 스스로가 무력하게 느껴졌다. 우여곡절 끝에 마지막 촬영은 그동안 촬영했던 서울에서 벗어나 근교 공동묘지에서 이뤄졌는데, 마지막이어서 그런지 배경이 묘지여서 그런지 화목한 분위기로 마무리됐다. 언젠가 영화를 찍는다면 공동묘지에서 모든 장면을 찍어야겠다고 다짐했을 만큼 평화로웠다.

모든 게 처음이라 낯설고 힘들었지만 버틸 수 있었던 건 결국 사람 때문이었다. 촬영 현장에서 처음으로 만났던 이들 중 특히 마음이 잘 맞는 이들이 있었다. 현장에서는 내가 막내였는데, 막내라서 막 대하는 사람이 있는가 하면 막내라서 더 챙겨 주는 이들이 있었다. 지방에서 올라온 세 명의 영화과 형들은 후자에 해당하는 사람들이었다. 당시 촬영감독이 형들이 다니는 학교의 교수님이라 스태프로 따라 온 거였다. 현장 경험이 많은 데다가 여러 분야를 맡아 봐서 좋은 아이디어도 많았다. 바쁜 와중에 분위기 메이커 역할도 자처했다. 현장에 머무는 동안에는, 당시에 좋아했던 왕가위 같은 영화감독보다도 형들처럼 되고 싶었다. 실무에서 어떤 문제가 생겼을 때 단숨에 해결하는 모습이 멋져서 동경의 시선으로 바라볼 때가 많았다.

촬영이 늦어지는 날에는 형들의 자취방에서 자곤 했다. 형들은 새벽에 케이블에서 하는 영화를 보며 촬영기법에 대해 알려 주기도 하고, 좋아하는 영화에 대해 말하기도 했다. 나름대로 영화를 많이 봤다고 생각했는데, 형들에 비하면 얼마 본 것도 아니었다. 형들이 영화계의 큰 축이 될 거라는 확신이 들었다. 나중에 영화계에서 꼭 같이 일했으면 좋겠다고 말하고 싶었는데, 내가 형들만큼 멋진 사람이 될 수 있을지 확신할 수 없어서 말을 삼켰다.

촬영은 준비기간까지 포함해서 거의 한 달간 진행됐다. 촬영이 끝나고 형들과 싸이월드 일촌을 맺었다. 꽤 많이 정이 들었는지, 촬영이 끝나도 홀가분하다는 생각보다는 아쉬움이 더 컸다. 형들에게 따로 연락하지는 않았다. 좀 더 성장한 다음에 연락하고 싶었다. 형들처럼 멋진 영화인이 된 뒤에.

싸이월드를 통해 가끔 형들의 삶을 들여다봤다. 영화가 아닌 일반 기업 공채, 자격증 관련 자료가 스크랩되어 있었

나만 이러고 사는 건 아니겠지

다. 분명 영화로 성공할 수 있을 사람들인데 왜 영화가 아닌 다른 것을 준비할까. 자신이 잘 알고, 잘할 수 있는 분야 대신 왜 이런 선택을 한 걸까. 그동안 몸담았던 분야가 아닌 다른 분야에 뒤늦게 도전하는 게 오히려 더 위험한 선택이 아닐까.

'왜 좋아하고 잘할 수 있는 일을 놔두고 다른 일을 해?'

형들에게 던지고 싶었던 물음은 얼마가 지나 나에게 돌아왔다. 당시 다니던 학교를 그만두고 수능을 다시 봤고, 군대를 가고, 직장에 다녔다. 그때나 지금이나 영화에 관심은 많지만, 감히 영화 현장에서 일하는 걸 시도하지 못했다. 영화를 좋아하니 영화 쪽에서 일할 생각은 안 해 봤냐는 질문을 받을 때가 있다. 그럴 때마다 답을 얼버무린다. 영화가 꿈이 될 수 없다고 단념을 한 건지, 영화가 꿈이 될 수 있도록 다른 분야의 일로 현실을 꾸려 나가고 있는 건지 알 수 없다. 영화와 관련된 거라면, 나는 계속 유예 중이다.

프리랜서 에디터가 되면서부터 온라인 웹진에 영화 글을 연재했다. 큰 매체에 글을 쓰는 영화 평론가나 기자는 아니지만, 돈을 받고 영화에 대한 글을 쓰면 '프로'라고 할 수 있을 것 같다는, 자기만족으로 시작한 일이다.

"눈이 뾰족해서 돌아가는 겁니다."

내 눈이 겪는 가장 큰 증상은 '사시'다. 눈에 힘을 안 주고 있으면 왼쪽 눈동자가 왼쪽 끝으로 몰린다. 병원에서 말해 준 이후로는 눈에 힘을 주는 게 습관이 되었다. 늘 눈에 힘을 주고 살아서 남에게 들킨 적은 얼마 없다. 들키지 않아야 하는 게 많은 삶은 여러모로 피곤하다.

오래 일을 할 때면 집중력이 떨어져서 눈이 돌아갈 때가 있다. 그럴 때는 지금 하고 있는 일을 마치고 볼 영화나 훗날 만들고 싶은 영화를 상상한다. 억지로 상상하는 게 아니라 자연스럽게 영화부터 떠오른다. 마치 내 의지와 상관없이 돌아가는 눈처럼, 내 생각과 마음이 영화로 향한다. 구석으로 몰린 눈동자로, 마음 구석에 묻어 둔 영화를 본다.

20대가 되면 시력도 좋아지고 영화 현장에서 멋진 경험도 잔뜩 할 거라고 기대했던 것처럼, 30대에 대한 기대도 존재했다. 그러나 서른이 넘은 지금, 삶에 딱히 뾰족한 수는 없다. 본 게 많아질수록 시야가 좁아진다. 이래서 안 되고, 저래서 안 되고, 하지 말아야 할 일들이 늘어난다. 이젠 싸이월드로 근황을 알 수 없는 형들도 나와 비슷한 마음일까. 언젠가 형들에게 같이 영화 작업을 제안하는 상상을 하다가도, 내

욕심으로 누군가의 일상을 들쑤시는 게 아닐까 하는 걱정으로 이어진다.

영화에 대한 글을 쓰는 대신 영화를 직접 만드는 날이 올까. 유예한 꿈에 대해 명확하게 대답하는 날이 올까. 어차피 누구에게도 말할 수 없는 고민이므로, 마음속에서 조금씩 흘려 보내다 보면 사라지지 않을까. 과거에 흘려 보낸 고민들은 하늘에 가득한 미세먼지 사이 어딘가에 있을 거다. 내가 별이 될 수는 없어도, 하늘 위로 던진 내 고민은 별이 되었으면 하는 마음으로 하늘을 올려다본다. 올려다본 하늘에, 안경을 쓰지 않아도 보이는 별이 있다.

메로나

십수 년 전의 일이다. 무더운 여름이었고 학원에서 보충수업을 듣던 날이었다. 수업이 끝나고 집에 가는 길에 슈퍼에 들러 메로나를 사 먹겠다는 목표를 세웠다. 수학문제 옆에 수학공식 대신 '메로나'라고 적었다. 그때는 이런 마음으로도 몇 시간이고 버틸 수 있었다.

주머니에 손을 넣으면 닿는 지폐의 촉감. 적당히 눅눅한 감촉의 지폐는 곧 내게 청량함을 선물해 줄 것이었다. 여름과 보충수업에서 탈출할 입장권처럼 느껴져서 괜히 더 만지작거렸다.

나만 이러고 사는 건 아니겠지

뛰는 걸 정말 싫어하지만 몇 백 년은 기다려 온 것처럼 메로나에게 달려갔다. 날렵하게 집어 들고는 계산대로 가서 아저씨에게 주머니 속 지폐를 꺼내 건넸다. 메로나가 녹을까 봐 걱정을 하면서.

애석하게도 내겐 메로나보다 더 걱정해야 할 것이 있었다. 내가 내민 것은, 여름 탈출의 입장권이 될 지폐가 아니라 쪽지였다. '수학 71p~75p'. 숙제가 적혀 있는 쪽지. 반타작도 못한 시험지, 거절당한 고백의 순간을 들킨 것처럼 부끄러웠다.

내 나름대로는 태연한 표정으로 짧은 탄식과 함께 아이스크림을 원위치 시키고 곧장 집을 향해 갔다. 아무 일 없다는 듯 걸었지만 두 팔은 상체에 붙어 흔들리지도 않았다.

어디서부터 잘못된 걸까. 수학 숙제가 적힌 쪽지를 지폐라고 생각했다. 그것이 메로나와 교환될 것이라고 믿었다. 그것이 날 보충수업과 여름에서 해방시켜 줄 것이라고 굳게 믿었다. 주머니 속 실체도 모르면서 혼자 들떴었다. 찰나였지만 나의 꿈이었던 메로나가 사라졌다.

더 이상 보충수업이 없고, 지폐 대신 삼성페이를 내미는 지금도 그때의 메로나처럼 이루지 못한 꿈들이 있다. '돈 잘 버는 프리랜서'나 '작가' 같은 꿈은 메로나보다 난이도가 훨씬 높다. 내가 가진 능력이 지폐가 아니라 수학 숙제가 적힌 쪽지여서 내 꿈과 어긋날까 봐 겁이 난다. 그래도 메로나 생각에 들떠서 이미 뜨겁게 달리고 있던 그때처럼, 일단은 달려 본다.

꿈을, 메로나를 잡는 데 성공할 수 있을까. 나의 수많은 메로나들을, 차가운 꿈을 품고 산다.

분리되지
못한 채
분리되어 있는

내 기억 속 '첫 집'은 외할아버지 집이다. 아버지 입장에서는 처가살이였던 거다. 그곳에서 아버지, 엄마, 나, 동생은 한방을 썼다. 외할아버지 집에서 보낸 시간이 길진 않다. 얼마 지나지 않아 우리는 이사를 했고, 그곳에서 나와 동생은 한방을 썼다. 나와 동생이 한방을 쓴 역사는 꽤 길다.

고등학생이 되면서 각방에 대한 열망이 생겼다. 동생과 함께 공유할 수 있는 것도 많고 좋았지만, 자라면서 둘의 차이점은 뚜렷해졌다. 나는 누구에게 업혀 가도 모를 만큼 깊게 자는 동시에 잠버릇이 심한데, 동생은 작은 기척에도 잠이 깰 만큼 잠귀가 밝다. 당시 살던 집도 문제였다. 2층 침대를 썼는데, 아래층에서 자면 수많은 바퀴벌레와 싸워야 했다. 일명 '미국 바퀴벌레'로 불리는 손바닥만 한 녀석들이 날아다녔다. 아침에 동생이 등을 두드리는 줄 알고 보면, 등에 바퀴벌레가 붙어 있었다.

경제적인 이유로 다시 급하게 이사를 한 건 전화위복이었다. 안 좋은 사연으로 이사를 왔지만, 집은 이전보다 훨씬 좋았다. 우리를 따라 이사 온 바퀴벌레는 약을 살포한 뒤로 사라졌고, 무엇보다 좋았던 건 나와 동생이 각자 방을 쓰게 됐다는 거다. 처음 갖게 된 '내 방'이었다. 이제 영화를 보다가 야한 장면이 나올 때 표정 관리를 안 해도 되고, 마음껏 울어도 되었다.

서로 오랜 세월 한방을 사용했음에도, 각방 생활에 금방 익숙해졌다. 각자의 방에서 컴퓨터를 하면서 시간을 보내는 날이 대부분이다. 그렇다고 단절된 채 사는 건 아니다. 각방이지만 우리는 서로의 방에 간다. 내가 동생의 방에 갈 때가 더 많다. 씻고 나면 괜히 동생 방에 가서 로션을 바르며 말을 건다. 나 없을 때 혹시 부모님 싸웠냐, 아까 본 영화 재밌더라, 어제도 잠 못 잤냐, 아침은 먹었냐, 뭘 해도 어떻게든 되지 않

나만 이러고 사는 건 아니겠지

겠냐.

몇 년 뒤에는 독립할 생각을 하고 있다. 독립해서 살고 있었다면, 아마 월세 때문에 프리랜서는 엄두도 내지 못했을 거다. 프리랜서라서 대출이 힘들겠지만, 그래도 언젠가는 전셋집을 구해서 독립하는 날이 오지 않을까. 그때가 되면 나와 동생은 몇 번이나 왕래할까. 지금은 서로 늦으면 많이 늦는지 물어보는데, 그런 연락도 사라질까. 부모님이 싸우면 미리 마음의 준비를 하라고 서로에게 경고해 주는데, 그런 일도 없어질까. 한방에서 각방으로, 각방에서 다른 집으로 멀어지다 보면 완전히 분리될까.

"둘이 좀 떨어져 있어."

동생과 미술학원에 다녔을 때 둘이 너무 비슷한 그림을 그린다면서 선생님이 했던 말이다. 그런데 떨어져서 그려도 둘의 그림은 비슷했다. 의도한 건 아니지만 삶도 비슷하게 흘러간다. 나와 동생 모두 4수한 나이에 대학에 갔고, 26살에 군대에 갔다. 키와 덩치도 비슷해서 옷도 함께 입는다.

"자신을 동생과 분리하세요."

정신과에 상담을 받으러 가서 내 이야기를 한 뒤에 들었던 말이다. 취향이 비슷해서 서로에게 추천해 주는 영화, 만화, 음악 등은 거의 실패하지 않는다. 식습관이나 옷 입는 스타일도 거의 일치한다. 하지만 우리는 물리적으로 분리되어 있다. 벽을 두고 각자의 방에서 각자의 삶을 꾸려 나가고 있다.

군 생활 중일 때, 동생에 대해 생각할 틈은 그리 많지 않았다. 가끔 동생에게 전화를 걸어 요즘 좋아하는 아이돌과 부모님의 부부싸움 여부에 대해 주로 말했다. "잘 지내냐" 같은 말은 낯간지러워서 안 했다. 입대한 지 꽤 시간이 지나고 동생이 첫 면회를 와서 내게 했던 말은 낯간지럽지만 인상적이었다.

"네가 있었으면 좋을 것 같더라."

동생 혼자 감당하기 힘든 일이 있었다고 하는데, 자세히 듣지는 못했다. 내가 옆에 있었다면 도움이 되었을까. 영원히 서로의 옆방에 머물 순 없을 텐데, 시간이 지나면 우리도 다른 어른들처럼 소원해질까. 내가 너의 옆에 있는 순간보다, 떨어진 채 너의 미래를 상상하는 시간이 더 길어진 게 좋은 일인지 모르겠다.

나만 이러고 사는 건 아니겠지

신동엽,
신동엽,
신동엽

떠올리자마자 웃게 되는 개그맨이라면 역시 신동엽이다. 그의 개그에 웃어서 생긴 얼굴 주름이 꽤 많을 만큼 그의 개그를 좋아한다. 자칫 저질스러울 수 있는 이야기를 불편하지 않게 구사하는 건 정말 높은 경지에 이르렀을 때 가능한 일이다.

그를 좋아하지만 미용실에서 머리를 감겨 줄 때 그가 떠오르면 위험하다. 당장에라도 웃음이 터질 것 같다. 그럴 때는 애국가를 부르고, 장례식장 풍경을 떠올린다. 애국가를 4절까지 부르고, 여러 번의 장례식장을 떠올려도 결국 신동엽이 이긴다. 웃음이 터지고, 이상한 사람 취급을 받는다. 이를 이용해서, 눈물이 나올 것 같은 순간에는 신동엽을 떠올린다. 눈물을 참아야 할 때마다 주문처럼 그의 이름을 부른다.

'신동엽, 신동엽, 신동엽.'

그의 개그들이 하나둘 떠오르고, 곧 눈물이 들어간다.

엄마가 절에 다니는 지인들과 함께 강원도에 기도를 드리러 갔다. 아버지와 동생과 나, 세 사람이 하루를 보내게 됐다. 동생은 독서실에 가고, 아버지는 거실에서 태블릿PC로 유튜브를 보고, 나는 방에서 글을 썼다. 아침엔 김치찌개, 점심엔 떡볶이, 저녁에는 동생이 독서실에서 오는 길에 피자를 사 왔다. 아버지는 피자를 밥으로 취급하지 않는 사람이라, 피자는 한 조각만 먹고 좀 이따 따로 밥을 먹겠다고 해서 나와 동생이 나머지 피자를 다 먹었다.

"이거면 내 일주일 치 저녁밥 값이다."

동생은 피자를 먹으면서, 피자 값을 자신의 저녁밥 값과 비교해서 말한다. 요즘은 뭘 먹어도 자꾸 돈 이야기를 한다. 내가 이렇게 비싼 거 먹어도 되나, 이거면 내 이틀 치 밥값이네. 함께 밥을 먹다가도 이런 힘 빠지는 소리를 들으면 밥맛이 떨어진다. 동생이 습관처럼 그런 말을 하면, 나 또한 습관처럼 대구한다. 그런 거 계산할 시간에 잘 먹고 공부나 하라고.

개강이 가까워졌기에 동생에게 수강 신청은 했느냐고 물었다.

"안 다닐 건데."

동생의 말을 아버지가 들을까 봐 나도 모르게 소리를 낮추고 다시 묻는다. 복학 말고 딱히 계획도 없으면서 무슨 소리를 하는 걸까. 당연히 복학해서 다음 시험을 준비할 거로 생각했기에 동생의 말에 무척 놀랐다. 대안도 없으면서 무슨 소리를 하는 걸까.

안방으로 향하는 동생을 쫓아 안방으로 들어간다. 둘의 말소리가 거실 소파에 앉은 아버지에게 들리지 않도록 문을 닫는다. 침대 위에 엎드려 누워 있는 동생은 하루 세끼를 다 챙겨 먹는데도 살이 더 빠졌다. 동생은 준비하던 시험에 떨어진 이후로 계속 컨디션이 안 좋아 보인다. 의사가 아니어도 딱 보면 좋지 않은 상태라는 것을 알 수 있을 만큼 야위었다. 수강 신청 안 한다는 게 무슨 소리야, 휴학을 또 한다는 거야, 휴학 신청 날짜는 확인했어, 부모님한테는 뭐라고 하려고. 눈으로 야윈 동생을 보며, 입으로 질문을 쏟아낸다.

"휴학은 다음 주쯤 신청하면 될 걸. 대충 확인했어."

대충이 말이 되냐, 행정이 널 기다려 주는 것도 아니잖아, 잘못 확인해서 학기 날리면 어쩌려고, 너 이거 아버지한테 말할 수는 있겠냐. 걱정돼서 하는 말이라고 생각했는데, 하고 나니 나는 이런 부분은 철저하게 잘했다고 티 내려고 하는 말 같다.

"학교 다니면서 병행하는 건 힘들 것 같아."

주로 실내에서 공부만 하는데도 동생의 낯빛은 흙색에 가깝다. 얼굴에는 여드름이 늘었다. 시험이 끝나면 피부과에 가자는 이야기를 자주 했다. 시험 끝나면 일본 여행 가자, 시험 끝나면 플스도 사 줄게. 모든 말은 '시험 끝나면'이 전제로 붙는다. 동생도 알 거다. 여기에서 '끝'은 '합격'이라는 걸. 동생이 힘들어할 때마다 "네가 선택한 거잖아"라는 말을 동생 얼굴에 새로 생긴 여드름만큼이나 자주 했다.

"오늘 인강 선생님이 말하는데, 나 우울증인 거 같아."

생각 없이 사는 것 같아도 늘 웃던 동생인데 요즘은 표정이 없다. '없다'라는 말이 맞다. 텅 빈 얼굴이다. 그런데 그 빈 얼굴을 어떻게 채워 줘야 할지 모르겠다. 우울증에 대해 아는 건 없지만, 동생이 우울증일 수 있겠다는 생각은 자주 했다. '시험', '탈락'. 삶에서 가장 지긋지긋한 단어를 다시 짊어지는 거니까. 자기가 제일 무서워하는 것만 골라서 꾸역꾸역 다시 해 나가고 있으니까.

"가끔 우울한 생각이 들면 괜찮은데, 매일 일어나자마자 우울하면 그건 병원 가야 한대."

동생의 우울함에 내가 한몫한 것 같아서, 지금 내가 할 수 있는 가장 그럴듯한 위로를 떠올린다. 카드 줄 테니까 병원비 생각하지 말고 다녀와, 내일 당장 가자, 좋은 병원 내가 알아봐 줄게. 무슨 말부터 해야 하나 떠올려 보니, 이건 위로가 아니라 표면적인 해결의 방법들이다.

"근데 병원에 가잖아, 의사가 내 이야기 들으면서 얼마나 우습겠어. 서른이나 먹었는데 하나도 이룬 게 없잖아. 대학도 졸업 못 하고, 직업도 없고."

너는 나의 제일 친한 친구잖아. 어떤 잘난 사람도 해내지 못한 그걸 네가 해냈잖아. 이건 날 너무 과대평가한 말일까. 권위적인 아버지 밑에서 아들 역할도 해내고, 엄마한테 유일하게 애교도 부리는 아들이잖아. 생각하고 나니 다 낯간지러운 말들이라 삼킨다. 동생의 말을 들으면서 지인에게 좋은 병원을 물어보고 한곳을 추천받았다. 동생이 걱정하는 부분을 물으니, 의사가 환자를 치료하기 위해 딱딱하게 말할 수는 있어도 절대 감정적으로 판단하지는 않는다는 답이 돌아온다. 동생에게 답을 보여 주며 걱정하지 말라고 한다.

"요즘엔 아침에 일어나서 잠들 때까지 우울한 생각만 해."

공부는 늘 우울하다. 좋은 결과를 만들어 낸 경험이 적으면 막연하기까지 하다. 동생에게 작은 성공의 경험을 늘리라고 꼰대처럼 말하곤 한다. 그럴 때면 동생은 말한다. "나는 성공의 경험이 없어."

"아침에 일어나서 눈 감을 때까지 목매는 상상을 해."

지금이라도 들어서 다행이라는 생각이 든다.

"그냥 나를 이해해 주는 사람이 있으면 좋겠어. 누구라도."

동생에게 내일 함께 병원에 가자고 말한 뒤에 안방에서 나온다. 내일 오는 길에 오랜만에 같이 밖에서 밥을 먹는 모습을 그려 본다. 동생은 또 자기가 먹는 메뉴가 얼마짜리인지 계산할 테지.

부엌으로 가서 하루 동안 쌓인 설거지를 한다. 핸드폰으로 노래를 크게 틀고 물을 제일 뜨겁게 튼다. 고개를 푹 숙여 물에 닿을 듯 얼굴을 그릇에 가까이 대고, 뽀드득대는 소리

나만 이러고 사는 건 아니겠지

를 들으며 그릇을 닦는다. 음악 소리, 물소리, 뽀드득 소리에 묻힐 작은 소리로 중얼거린다.

"신동엽, 신동엽, 신동엽."

너의 아득했을 시간을 감히 추측조차 못 하겠지만, 상상할 때마다 신동엽, 신동엽, 신동엽.

처음에게
미안해

처음으로 내가 부모님 돈에 손을 댔던 날, 동생의 돈 관념이 바뀌었다. 엄마는 빨래하다가 젖은 천 원짜리를 책상 위에 펴 두었고, 초등학생인 나는 별생각 없이 그 돈을 챙겼다. 엄마는 아버지에게 이 사건을 해결해 줄 것을 의뢰했다. 나는 아버지에게 훈계와 함께 손바닥을 맞았다. 아버지한테 정식으로 맞은 건 처음이라, 그날 이후로 돈이 무서워졌다. 모든 과정을 목격한 동생도 마찬가지다. 둘 다 돈을 멀리하고 살다 보니, 지금은 늘 돈이 부족한 삶을 살고 있다.

처음으로 부모님이 싸운 날, 동생은 많이 울었다. 부모님은 그 전에도 싸웠겠지만, 내게 첫 부부싸움으로 인지되는 건 초등학교 저학년 때다. 그 이후로 부모님은 자주 싸웠다. 그때마다 동생은 울고, 나는 냉정하게 경우의 수를 따졌다. 동생은 이런 나를 신기하게 여겼다. 나라도 냉정해야 둘만 남았을 때 어떻게든 살아갈 수 있을 거라고 생각했다.

처음으로 독한 욕을 배운 날, 동생도 그 욕을 배웠다. 반에서 잘 노는 아이가 매우 충격적으로 들리는 욕을 했다. 당시 반에서의 내 포지션은 숙제를 늘 열심히 해 오는, 딱히 잘하는 게 없어서 별 존재감이 없는 조용한 아이였다. 나는 그 욕을 몰래 마음 안에 넣어 뒀고, 집에 와서 동생에게 그 욕을 꺼내 보였다. 내가 습득한 욕의 첫 상대는 늘 동생이다. 동생도 금방 습득해서 내게 돌려줬다.

처음으로 삭발을 한 날, 동생은 나를 보고 키득거렸다. 중학교 입학을 앞두고 환경이 바뀐다는 생각에 공포에 떨었다. 중학교에 가면 무서운 형들이 나를 가만두지 않을 것만 같았다. 무서움을 안고 미용실에 갔다. 미용실 아줌마는 텔레비전을 보다가 내 머리에 구멍을 냈다. 함께 간 엄마와 동생은 그걸 목격하지 못했고, 미용실 아줌마는 내가 머리를 흔들어서 그랬다고 거짓말을 했다. 결국 머리에 생긴 구멍에 맞춰 삭발을 했다. 거울 속 나는 내가 상상한 중학생 형들보다 더 무서워 보였다. 엄마가 계산할 동안 미용실 밖으로 나왔는데 눈물이 터졌다. 아니, 오열했다. 내 앞날이 두려웠다. 동생은 그런 나를 보며 비웃었다.

처음으로 대학에 들어간 날, 동생은 내 하소연을 들었다. 마음에 들지 않는 대학이었다. 동생은 내 이야기를 들으면서, 대학 선택의 중요성을 깨달았을 거다. 동생이 늦게 대학을 가게 된 이유에는 내 푸념도 꽤 크게 작용하지 않았을까. 2년 뒤 대학교를 자퇴한다고 했을 때, 아버지는 끊었던 담배를 다시 피웠고, 동생은 별말을 하지 않았다.

처음으로 퇴사를 한 날, 동생은 내 편을 들어 줬다. 회사에 다녀 본 적 없는 동생은 늘 나의 해우소가 되어 주었다. 상사의 친구를 집에 데려다주었던 그 새벽에도 동생은 나의 이야기를 들어 주었다. 동생은 늘 듣는 사람이다. 내가 하고 싶은 대로 하고 사는 건, 동생이 조용히 지지해 주기 때문일지도 모른다. 내 이야기 때문에 편견이 생기고 기회를 스스로 닫아 버렸을지도 모르는데, 그러면서도 늘 내 이야기를 들어 주었다.

모든 처음에 동생이 있다. 두 살 차이여서, 내가 먼저 겪

나만 이러고 사는 건 아니겠지

고 말해 주는 게 많다. 동생은 자신의 처음이 찾아올 때마다 나의 처음을 떠올렸을 거다. 나의 처음을 옆에서 보면서, 시도하기도 전에 포기한 '처음'도 있을 거다. 내가 보여 준 건 성공적인 처음보다 실패한 처음이 훨씬 많았으니까.

그래서 미안하다. 동생과 함께했던, 모든 처음에게 미안하다.

걱정을
재는
기계

정신과 간판에 '다이어트 전문'이라고 쓰여 있다. 정신과가
다이어트를 담당한다는 걸 처음 알았다. 하긴 다이어트도 멘
탈이 중요하니까. 안 해 본 다이어트가 없기 때문에 이해가
된다. 다이어트는 살보다 걱정을 빼는 게 더 힘들다. 걱정을
출산할 수 있도록 돕는 산파가 있으면 좋겠다.

체중이 아니라 근심의 무게를 알 수 있는 기계가 있다면
불티나게 팔릴 거다.

"당신의 걱정은 112kg입니다. 고도 걱정이니까 걱정을 흡
입하는 시술을 해야겠네요."

나만 이러고 사는 건 아니겠지

최근에 열심히 살을 뺐는데 걱정은 하나도 안 빠졌다.

한자와 부동산을
잘 모르는
어른

특정 나이대를 말하며 "그때가 제일 좋은 나이"라고 말하는
사람들이 있는데, 요즘 내 관심사는 내가 몇 살쯤 되어야 있
는 그대로의 나를 받아들이고 좋아할 수 있을까 하는 거다.
'이 나이 때쯤 이렇게 살고 있지 않을까'라고 상상한 모습 중
에 실제 그 나이의 나와 싱크로율이 맞았던 적은 거의 없다.
대학, 군대, 취업, 연애, 친구 등 무엇 하나 내 마음 같지 않다.
각종 매체에서는 여전히 20대는 어떻고, 혹은 어때야 하고,
30대는 어떻고, 혹은 어때야 한다고 말하는 경우가 많다.

나만 이러고 사는 건 아니겠지

어렸을 때는 어른이 되면 잘하게 되는 것들이 있다고 느꼈다. 한자도 그중에 하나다. 능숙하게 한자를 읽고 쓰는 어른들을 보면서, 나도 어른이 되면 한자를 많이 알 거라고 생각했다. 그러나 한문 과목을 싫어했던 학창 시절이나 지금이나 나의 한자 실력은 바닥을 친다.

'독립'을 꿈꾸고 있다. 지출이 늘어나더라도 내 삶을 좀 더 자유롭게 꾸려 나가기 위해서는 독립이 필요하다는 생각이 든다. 혼자로서의 삶을 좀 더 완전하게 기르고 싶고, 독립 후에 쓰는 비용은 투자라고 생각하고 싶다. 오랜 기간 독립해서 살아 온 이들은 자취생활의 고단함을 모른다며 코웃음을 칠지 모르지만.

어쨌거나 독립과 관련해 여러 정보들을 알아보면서 나의 부족함을 느낀다. 부동산 관련해서 아는 게 거의 없다. 금융 관련해서도 첫 회사였던 핀테크 스타트업에서 주워들은 게 전부다. 주변 사람들에게 이런 나에 대해 말하면, '발등에 불 떨어지면' 강제로라도 배우게 된다는 답이 돌아온다. 부모님도 딱히 부동산에 관심이 있는 게 아닌데, 지금 가족들이 사는 집을 마련하기까지 어떤 과정이 있었을까. 부모님과 갈등이 많은 어른이 되었으므로 질문은 하지 않기로 한다.

30대가 된 이후로 주변에 결혼을 하고 출산을 하는 이들이 늘어간다. 함께 한문 수업을 들으며 고통을 나누던 친구는 능숙하게 집을 구했다. 나와 이 친구가 아는 한자의 개수에는 별 차이가 없을 것 같은데, 부동산 관련해서는 차이가 크다. 결혼, 출산, 집 등 사회에서 굵직하게 여기는 키워드를 몸에 지닌 친구를 보면 어른스럽게 느껴져 낯설 때가 있다. 야자 끝나고 아이스크림 사 먹던 때나 지금이나 하는 이야기는 크게 달라지지 않았는데, 관심을 가지고 해낸 건 다르기 때문일까.

교복을 입던 때나 지금이나 나의 관심사는 비슷하다. 책, 영화, 음악. 관심 있는 게 아니면 잘 알지도 못한다. 주식이 난리라지만 하루 종일 그것만 들여다볼 나를 알기에 딱히 시작하고 싶지 않다. 결혼은 내 삶에서 일어나기에는, 돈부터 시작해서 여러모로 요구치가 너무 높은 이벤트로 느껴진다. 어른이 되면 자연스럽게 이뤄질 줄 알았던 것들은 알고 보니 여러 조건이 맞아떨어져야 획득 가능한 것들이었다.

『마법천자문』으로 한자를 마스터하고, 공인중개사 자격을 획득한 고등학생이 사회적 기준에서 보면 나보다 더 어른에 가까울지도 모르겠다. 아무리 생각해도 지금의 나는 어릴 적 상상했던 어른의 모습과는 참 다르다. 이 글에 쓰인 한자어 중 몇 개나 한자로 쓸 수 있을지 모르겠고, 내년에 독립에 성공할 수 있을지도 알 수 없다. 어른의 기준은 제각각이지만, 좀 더 '생산적으로 보이는 지식'을 익혀야겠다는 압박은 늘 느낀다. '어른이라면 이 정도는 알아야지'로 학습된 것들. 과연 그런 어른이 되는 데 성공할 수 있을까.

행복만땅
하트하트

"호흡을 맞췄다". 엄마와의 시간을 표현할 때 쓰는 말이다. 엄마와 오랜 시간 호흡을 맞췄다. 청년보다 아저씨가 어울리는 나이가 됐지만 변한 건 없다. 여전히 집에서는 팬티 차림으로 돌아다니고, 미취학 아동 시절이나 지금이나 엄마에게 해줄 수 있는 일은 많지 않다. 바뀐 거라곤 이전보다 나누는 말이 줄었다는 것뿐.

엄마가 현관문 키패드를 누르는 소리가 들리면 방에서 뛰어나간다. 나와 동생의 오랜 습관이다. 집에 왔을 때 반겨주는 사람이 있으면 반가울 테니까.

나만 이러고 사는 건 아니겠지

"짐 없어."

우리가 짐을 들어 주러 나온다고 생각하는 엄마는 늘 짐의 여부부터 말한다. 우리도 딱히 별 대꾸를 안 한다.

"이거 예쁘지?"

엄마는 나보다 좀 더 붙임성이 좋은 동생에게 밖에서 찍은 사진을 보여 준다. 동생이 엄마에게 핸드폰 자판과 카카오스토리 사용법을 알려 준 뒤로, 카카오스토리에 사진과 글을 남기는 게 엄마의 즐거움이 됐다.

"여기서 이거 받침이 시옷이야, 디귿이야?"

엄마가 나를 부를 때는 맞춤법을 물을 때다. 이과생인 동생에게 카카오스토리의 기능에 관해서 묻고, 문과생인 내게 맞춤법을 묻는 건 제법 합리적이다. 애석하게도 맞춤법은 내게도 어렵기에, 인터넷으로 먼저 검색한 뒤에 마치 원래 알고 있었다는 듯이 알려 준다. 4년제 대학에서 글을 전공한 아들의 진짜 맞춤법 실력을 알면 실망할 것이 분명하다.

글을 쓰는 사람이라 원고를 보낼 때는 맞춤법을 꼼꼼하게 본다. 그런데 삶에서는 그럴 필요가 있나 싶다. '되'와 '돼'의 사용 규칙을 몰라도 서로 알아듣기만 하면 되지 않나. 맞춤법이나 비문 때문에 카카오스토리 업로드를 망설이는 엄마를 보면, 살면서 할 걱정도 많은데 이런 부분까지 신경 써야 하나 싶다.

"지금 여기에 오타 없지?"

엄마는 업로드 직전에 내게 마지막으로 묻는다. '있어 보이고 싶다'. 이건 엄마와 나의 공통점이다. 삶은 비루해도 엄마는 엄마의 카카오스토리 글이, 나는 내 원고가 있어 보이기를 원한다. 엄마에게 있어 보이는 아들이 되려면 무엇을 해야 할까. 생각나는 것들은 모두 당장 내가 이루기 어려운 것들이다. '엄마의 친구 아들'은 세상의 기준에 잘 부합하는 이들이지만, 난 표준과는 거리가 먼 사람이다.

엄마의 카카오스토리 속에서 나는 어떤 모습일까. 내 예상과 다를까 봐 들어가지 않는다. 엄마의 카카오스토리에 볼품없는 아들을 포장해서 있어 보이게 그려 낸 게시물이 있다면 기뻐해야 하나. 막상 내 이야기가 없어도 섭섭하겠지?

오타를 수정하면서 엄마가 쓴 본문을 빠르게 읽는다. 본문은 '행복만땅 하트하트'로 끝난다. '만땅'이라는 말은 어디서 들었을까. 엄마에게 '행복만땅'의 사건을 만들어 줄 수 있을까. 아이스크림을 '만땅'으로 퍼 줄 순 있지만, 자랑거리를 만들어 주는 건 쉽지 않다. '행복만땅'에다가 '하트하트'까지

나만 이러고 사는 건 아니겠지

덧붙일 만한 사건을 만들어 주는 날이면, 자부심을 느낄 수 있겠다.

　엄마는 내가 이런 아들이 될 줄 몰랐을 거다. 그런데 나는 처음부터 알았다. 내가 엄마에 대해 말할 때 결국 그 끝은 '행복만땅 하트하트'가 될 거라는 걸. 엄마는 이미 내게 모든 걸 '만땅'으로 퍼 줘서 내 글에도 당당하게 쓸 수 있다. 엄마 덕분에 나는 행복만땅 하트하트.

밀어도
금세 자라는
잔털처럼

"엄마, 나 여기 뒤에 좀 밀어 줘."

몇 주에 한 번씩은 엄마에게 잔털을 밀어 달라고 한다. 몸에 털이 많은데, 특히 목 쪽에 잔털이 지저분하게 자란다. 털들을 추적하면 발끝까지 이어질 만큼 넓은 서식지를 자랑한다. 남들에게 목 뒤에 난 잔털을 들키고 싶지 않기에, 날이 무뎌진 면도기를 버리지 않고 '잔털 전용 면도기'로 쓰기 시작했다. 면도기를 엄마에게 건네고, 집에서 제일 밝은 거실로 간다. 그리고 거실 한구석에 있는 짐 볼 위에 앉는다. 엄마는 작은 면 수건을 하나 가져온다. 처음엔 조심스러웠으나 엄마

나만 이러고 사는 건 아니겠지

도 이젠 제법 익숙해져서, 면도날이 과감하게 목부터 등까지 오간다.

"엄마, 안 보이는 데는 안 잘라도 돼."

엄마는 등에 난 털까지 다 밀어 버리려고 한다. 옷으로 가려질 부분은 밀어 봐야 상처만 생길 뿐이다. 등 아래쪽에 난 털을 만지작거리며 "왜 이쪽만 털이 나는 거야"라고 묻던 지난 연인이 떠오른다. 잘 지내고 있으려나. 등 아래쪽 잔털에 면도날이 닿을 때마다, 내 몸의 잔털을 봤던 이들의 안부가 궁금해진다. 엄마에게는 나의 연애에 대해 한 번도 말한 적이 없다.

"나 이번 설 연휴에도 일해서 어디 못 가."

부모님에게 프리랜서로 일한다고 선언을 했고, 적은 돈이지만 돈을 벌긴 하니 어쨌거나 명분은 있다. 친척들에게 한소리씩 듣기 싫어서, 일 핑계를 댄다. 엄마, 난 앞으로는 집안 행사라면 그 어떤 것도 참석하고 싶지 않아.

"왜 명절에도 일하냐고 큰아버지가 물으면, 그냥 흘려들어."

"여행 간다고 하면 편할 텐데"라고 엄마가 말을 흘린다. 엄마 편할 대로 해, 그 양반들 뭐라고 해도 어차피 듣고 싶은 대로 들을 거니까. 여행 갔다고 하면 자기네들 자식보다 잘 난 것 같아서 괜히 트집 잡는 소리를 하고, 일한다고 하면 명 절에도 일한다고 괜히 한소리 하는 인간들이니까.

"엄마도 그냥 안 가면 안 돼?"

아버지 성격상 불가능한 일이라는 걸 알면서 묻는다. 친 척들이랑 서로 안 보고 살면 안 되나. 명절선물 다 필요 없는 데. 김과 홍삼 없이도 우리는 이미 잘 사는데. 나트륨과 당은 이미 과다섭취 중이다. 선물보다 친척들의 말들이 더 짜다. 간혹 화목한 순간이 연출되지만 찰나에 불과하다. 불편한 이 들과 함께하는 만찬보단, 집에서 혼자 라면 끓여 먹는 게 더 즐겁다.

"엄마, 이번에도 할머니한테 내가 줬다고 하고 따로 돈 주 고 그러지 마."

엄마는 할머니한테 내가 줬다면서 용돈을 챙겨 드리곤 한다. 그냥 나한테 달라고 하면 될 텐데. 프리랜서여도 그 정 도 돈은 있는데. 엄마는 누구도 불편해지지 않도록 자기가 불편해지는 걸 택한다. 늘 그런다. 이번에도 동생을 스파이 로 심어 둘 거다. 나 몰래 엄마가 할머니한테 또 그러면 동생 이 나한테 제보해 줄 거다. 역시 아들들은 도움이 안 된다.

나만 이러고 사는 건 아니겠지

"거기까지는 안 밀어도 된다니까."

내가 털이 많은 건 엄마 때문이기도 할 텐데, 엄마의 등에 난 잔털은 누가 밀어 주지? 궁금하지만 묻지 않는다. 내가 볼 수 없는 나의 부분은 엄마한테 맡기는데, 엄마는 누구한테 맡기지? 아버지는 손 하나 까딱 안 할 게 뻔한데. 엄마는 자신이 볼 수 없는 부분을 누구에게 봐 달라고 하면서 살아온 걸까. 미뤄 둔 질문들은 밀어도 금세 자라는 잔털처럼 매일 늘어난다.

110kg짜리
아버지

아버지는 토목 일을 한다. 토목 일은 늘 지방 현장에서 이뤄지기에, 집에는 2주에 한 번 정도 온다. 몇 달 전에 현장 일이 끝난 뒤로는 다음 현장에 대한 소식이 없어서, 꽤 긴 시간 집에서 쉬게 됐다. 아버지가 없는 게 익숙한 가족들의 일상에 아버지가 불쑥 들어왔다. 88년도에 아버지의 삶에 불쑥 들어온 나처럼 말이다.

아버지는 110kg이다. 정년퇴직한 아버지가 새로운 회사에 보낼 이력서 작성을 도와달라고 했을 때, 아버지가 작성한 이력서의 몸무게 항목을 보고 알았다. 몸무게가 세 자리

나만 이러고 사는 건 아니겠지

일 줄은 알았지만, 숫자로 보니 더 명확하게 느껴졌다. 아버지는 온종일 집에 앉아 있다. 노트북을 텔레비전에 연결해서 영화나 드라마, 유튜브를 본다. 유튜브의 가짜뉴스에 선동당한 채, 나와 동생에게 이상한 소리를 할 때가 많다. 이젠 나와 동생 모두 머리가 커져서 듣는 둥 마는 둥 한다.

체중을 발 뒤에 가득 실은 걸음이라서 아버지가 움직일 때마다 집이 쿵쿵 울린다. 함께 사는 가족들이야 그러려니 하지만, 아랫집에 층간소음을 유발할까 봐 조마조마하다. 지금 사는 건물의 설계가 잘되어 있기를 바랄 뿐이다. 다행히 아직까지는 항의 전화가 오지 않았다. 동생에게 아버지의 발소리가 쿵쿵거린다고 말하니, 동생이 "너도 그러잖아"라고 답한다. 내 걸음걸이가 아버지와 닮았나. 몸무게는 내가 훨씬 덜 나가는데. 아버지와 닮은 게 싫어서 안경도 안 쓰고 다니는데 걸음걸이가 비슷하다니. 팔자걸음을 연습해서라도 안 닮은 걸음걸이를 만들 생각이다.

글을 쓰면서 느낀다. 나는 '아버지'를 '아빠'라고 표현하지 않는다. '어머니'는 '엄마'라고 부르지만, 아버지에게는 그럴 수 없다. 어릴 적에 '아빠빠빠빠빠'라고 장난치듯 말했다가, 그렇게 부르지 말라고 호통을 치는 아버지를 본 뒤로는 '아빠'라고 부르지 않는다. 토목 현장은 거친 남자들 소굴이라, 그곳에서 평생 감리를 했으니 권위적인 사람이 된 건 어쩌면 당연한 일이다.

아버지의 키에서 건강한 표준몸무게가 되려면 30kg 정도는 빼야 한다. 30kg이면 옹알이하던 시절의 나와 동생을 합친 무게쯤 될 거다. 지금 아버지의 몸에서, 어린 나와 동생을 빼는 거다. 아버지의 삶에서 나와 동생을 빼면 몸무게 이상의 무엇인가가 빠져 나가려나. 부모가 아니어서 잘 모르겠다.

어렸을 때는 뚱뚱한 아버지가 부끄러웠다. 가족끼리 밖에 나갈 일이 있으면 먼발치에서 떨어져 가고 싶었고, 입학식과 졸업식이 싫었다. 지금이야 초연해져서 괜찮지만, 사춘기 시절에는 특히 더 그랬다. 동네에서 친구들을 만났는데 아버지가 곁에 있으면 창피했다. 뚱뚱했으니까. 아버지는 그런 나를 보고 왜 친구들에게 소개해 주지 않느냐고 화를 냈고, 그때마다 나는 다른 핑계를 댔다. 뚱뚱한 아버지가 부끄러웠기에, 뚱뚱한 나도 싫었다.

사춘기 때는 아버지의 피를 몸에서 몽땅 빼고 서로 모르는 사이가 되는 상상을 자주 했다. 자라면서 빠지는 젖니처럼, 내 몸의 피도 돌고 돌아서 태초의 피가 모두 빠지는 날이 오길 바랐다. 아마 그때쯤이면 내 피의 출처인 아버지는 세상에 없겠지. 건강검진 결과에 'RH+A, 피의 출처는 사라짐'이라고 나오면 홀가분할까.

나는 이제 비만과는 꽤 거리가 멀어졌지만, 아버지는 비만과 멀어질 생각이 없어 보인다. 어차피 빼지 못할 거다. 하루 세끼를 푸짐하게 먹고, 당 떨어진다고 빵이나 과자도 수시로 먹으면서 체급 유지를 하니 절대 못 뺄 거다. 온종일 앉아 있기만 하고 운동도 안 한다. 영양제가 무슨 소용인가 싶다. 밥이 보약이라는데 저 정도면 보약 과다섭취로 병이 생길 것 같다.

아버지에 대한 존경심이 생겨난 건 일을 시작하면서다. 누군가를 위해 돈을 버는 일은 숭고하고, 아버지는 그 일을 평생 했다. 유럽 여행을 갈 때마다 어떤 건물이나 자연경관 앞에서 '숭고하다'는 표현을 썼다. 하지만 내가 본 게 아무리 멋져도, 유럽 한 번 안 가 봤지만 가족을 위해서 돈 버는 아버지가 더 숭고하다. 미워하는 것과는 별개로 존경스럽다. '존경스럽다'는 말로 선을 긋겠다. 존경합니다. 나는 존경하는 당신만큼 해낼 자신이 없습니다. 내가 해내지 못할 걸 해내서 당신을 존경합니다. 그러니까 저한테는 바라지 말고 포기해 주세요.

누군가에게 나를 소개할 때 '세입자'라고 할 때가 많다. 아버지의 집에 얹혀사는 세입자. 평생 갚아도 다 못 갚을 거다. 여기서 말하는 건 감정이 아니라 돈이다. 받은 감정을 갚기 시작하면, 안 좋은 것들만 돌려주게 될 테니 노인학대로 잡혀갈 거다. 관상을 잘 보는 지인은 내 사주가 돈이 많은 사주는 아니라는데, 과연 얼마나 갚을 수 있을까. 갚으라는 이야기를 듣지는 않았지만 맘껏 미워하려면 갚아야 한다. 돈을 다 갚고 나면 깔끔하게 떨어져 지낼 수 있을까 싶은데, 그만한 돈을 모을 수 있을지 모르겠다. 내가 모든 일에 조급한 이유 중 하나는 아버지다. 빨리 갚고 헤어져야 하니까.

오랜 시간 동안 아버지가 변하기를 바랐는데, 이젠 포기했다. 예전보다 덜 권위적이고, 눈치 없는 소리도 줄긴 했지만, 내가 싫어하는 지점은 여전히 많이 남아 있다. 문 열고 오줌 싸고, 밥 먹고 있는데 옆에서 가래 뱉고, 양반처럼 살라면서 백정처럼 구는 건 익숙하다. 다만 예전보다 연약한 순간들을 발견할 때면, 속 시원하게 미워하기도 찜찜하다. 아버지를 미워하는 내가 태생부터 나쁜 놈 같아서 싫다. 바뀌려고 노력하는 건 바라지도 않는다. 어설프게 바뀌면 주변 사람이 힘들고, 무슨 일 있나 싶어서 불안하다. 그냥 지금 그대로였으면 좋겠다. 내가 미워하는 아버지의 모습을 그대로 유지해야, 나도 마음껏 미워하다가 돈 갚고 연을 끊을 수 있을 테니까. 막상 이 글을 다 쓰고 나서 여전한 아버지를 보면 울화통이 터지겠지만, 그래야 나도 복수의 동력이 생길 거다.

아버지는 평생 다리와 터널을 만들었다. 아버지가 만든 다리와 터널을 이용한 적이 있을 텐데, 솔직히 말하자면 아버지가 만든 게 어디에 있는지도 잘 모른다. 다만 아버지가 걸어온 길을 생각해 보면, 아버지가 일하는 건 결국 가족 때문이었다. 늘 집과 멀리 떨어진 지방에서 다리와 터널을 만들었지만, 그건 우리 가족의 다리와 터널을 만드는 과정이었다. 내가 이름도 기억 못 하는 다리와 터널의 명분이 나였다는 사실이, 내가 아버지에게 진 빚을 갚아야 하는 이유 중 하나다. 나의 튼튼한 두 다리와 터널처럼 어두운 속이 만들어지는 데 있어서, 아버지의 지분이 크다는 건 부정할 수 없다.

이 글을 쓰기 전에, 오랜만에 온 가족이 뷔페에 갔다. 별말 없이 밥을 먹었다. 아버지의 식습관에 대해 따로 이야기하지 않았다. 그저 마음으로 말한다. 내가 다 갚기 전까지, 그냥 지금처럼 있어 달라고. 110kg으로 남아 달라고.

결국 너의
부모처럼
될 거라는 말

"편부모 가정에서 자란 사람이랑은 만나지 마라."

이 말을 듣고 귀를 의심했다. 일단 '편부모'라는 용어가 편견을 담고 있다고 하여 '한부모'로 바뀐 것으로 알고 있고, 표현을 떠나서 저런 말을 해서는 안 되는 거니까. 그런데 이런 식의 편견을 노골적으로 드러내는 말을 듣는 순간은 생각보다 많다. 정보는 넘치고 기술은 하루가 다르게 발전하지만, 사람 간에 갖춰야 할 예의의 선은 현저히 낮게 설정되어 있는 기분이다. 내가 바라는 건 최신 기종의 핸드폰이 아니라 예의를 갖춘 사람과의 대화인데.

나만 이러고 사는 건 아니겠지

가정환경이 많은 걸 결정지을 수 있다. 타고난 것만큼 환경은 중요하니까. 그러나 환경이 모든 걸 결정짓는다는 식의 회의론에는 무조건적으로 반대한다. 폭력적인 부모 밑에서 자랐으므로 결국 폭력을 저지르게 될 거라는 일반화는 얼마나 위험한가. 부모가 이혼했으니 자식도 원만한 결혼생활을 하기 어려울 거라는 성급한 일반화는 얼마나 폭력적인가.

완벽한 사람이란 없다. 부모도 사람이므로 완벽하지 않다. 자녀 입장에서 닮고 싶지 않은 모습이 당연히 존재한다. 나 또한 그렇다. 부모님의 좋은 부분은 닮고 나쁜 부분은 닮고 싶지 않다.

"근데 네가 아무리 노력해도, 결국 네가 싫어하는 그 지점을 닮게 될 거라니까."

내가 어떻게든 발버둥 쳐서 좋은 사람으로 거듭나고 싶어도, 그러지 못할 거라고 이미 단정 짓고 바라보는 이들이 있다. 그들에게 나는 지금 당장 아무리 좋은 모습을 보여도 '훗날 나빠질 사람'에 불과하다. 권위적인 부모 밑에서 자랐으므로 아무리 자상한 척해도 결국 권위적인 부모가 될 거고, 돈 문제가 있는 부모 밑에서 자랐으므로 결국 돈 문제로 어려움을 겪을 거라는 이상한 논리. 노력을 단숨에 짓밟는

저주에 가까운 말들.

　나는 결심했다. 내 부모님의 좋은 모습을 닮기로. 나는 결심했다. 부모님의 나쁜 모습은 배우지 않기로. 쉽지 않을 거다. 그러나 악착같이 내 미래를 부정적으로 그려 내는 이들에게 지지 않기 위해서라도, 나는 좋은 사람이 되고 말겠다. 부모님의 좋은 걸 모두 흡수하지는 못해도, 나쁜 걸 배우지는 않은 자식으로 남고 싶다.

　만약 내가 나쁜 모습을 보인다면, 그건 내 부모 탓이 아니다.

나만 이러고 사는 건 아니겠지

마음,
나침반

지구가 멸망하면 무엇을 해야 하나. 상상력은 빈약하고 정신은 단단하지 못해서, 멸망을 상상할 때보다 현실 속 어떤 사건을 멸망처럼 받아들일 때가 많다.

굳이 다시 멸망을 상상하며 묻는다. 멸망 전에 누구와 함께하고 싶나. '가족'은 의무감에 뱉게 되는 말이 아닐까. 내 가족이 나 아닌 다른 이와 있고 싶을지도 모르지 않나.

그때가 되면 의도하지 않아도 몸이 알아서 갈 것이다. 마음이 나침반이 되어서.

어려운 행복
말고
쉬운 행복

떡볶이를 먹으면서 사고 싶은 책을 고르고 결제를 한다. 탄수화물 섭취와 쇼핑이 동시에 이뤄진다. 건강, 다이어트, 절약 등 탄수화물 섭취와 쇼핑을 자제해야 하는 이유를 말하라면 여러 개를 댈 수 있다. 그걸 다 알면서도 참을 수 없고, 혹은 참을 수 있지만 굳이 참지 않을 만큼 이것이 주는 행복이 크다.

긴 하루였고 힘들었으므로 행복을 찾아본다. 내가 아는 선에서 가장 쉬운 행복을.

나만 이러고 사는 건 아니겠지

방귀는
영원해

스무 살이 되면 멋진 대학생이 될 줄 알았으나, 들어간 대학이 마음에 안 들었다. 입학과 동시에 들어간 동아리는 교지편집위원회였는데, 학교에서 그나마 마음 붙일 곳이었다. 우리 기수 3명과 바로 위 기수 4명이 함께 교지를 만들었는데 우리 기수에서는 내가 청일점이었고, 위 기수에는 홍일점 누나가 있었다.

학교는 지방이고 동아리 사람들 대부분이 서울 사람이라, 같은 기숙사 건물에 살면서 함께 놀 때가 많았다. 동아리 행사가 끝나고 뒤풀이를 하는 날에는 늦게까지 술을 마시고 노래방에 가곤 했다. 지금 이야기하려는 그날도 그랬다. 돌아가면서 노래를 부르다가 내가 예약한 곡이 나왔다. 의자가 모자라서 앞쪽에 쭈그리고 앉아 노래를 불렀다. 새벽 내내 먹었던 안주가 배에 가득 찼고 노랫소리에 맞춰서 조용히 방귀를 뀌었다. 소리 없는 방귀가 흘러나왔고 대부분은 눈치채지 못했다.

그런데 옆을 바라보니 누나가 있었다. 갑자기 귀신이 나타나 누나의 코를 쑤신 것처럼, 누나의 상체가 들썩거렸다. 나의 방귀가 누나의 코에 진입한 게 틀림없었다. 나는 모른 척 계속 노래를 불렀다. 누나의 코에서 방귀 냄새가 빠져나갈 때쯤 곡이 끝났다. 누나는 나의 방귀를 모른 척해 줬다.

누나와는 다 같이 어울릴 때도 있었고, 서울에 왔을 때 가끔 둘이서 밥을 먹기도 했다. 함께 쇼핑을 할 때도 있었는데, 내 기준에서 굉장히 비싼 옷을 누나가 단번에 사 버려서 놀랐던 기억이 있다. 다른 선배에게서 누나의 부모님이 크게 사업을 한다고 들었다. 늘 아울렛에서 가장 저렴한 옷을 사는 내게, 누나는 엄청난 일을 해내는 사람처럼 보였다.

스무 살의 첫 가을, 누나와 다른 동아리 선배까지 셋이서 여의도에 불꽃놀이를 보러 갔다. 생애 첫 불꽃놀이였다. 불꽃놀이에 사람들이 그렇게 많이 온다는 걸 처음 알았다. 사람들에 밀려서 불꽃놀이를 봤다. 불꽃놀이가 끝난 뒤, 몇 정거장을 걸어서 지나친 후에야 겨우 택시를 타고 이동할 수 있었다. 신촌에 있는 술집에서 맛있는 안주를 먹었고, 하루가 끝나는 게 아쉬워서 근처 극장에서 심야 영화로 전도연과 하정우가 나오는 <멋진 하루>를 봤다. 졸면서 봤지만, 영화와 별개로 내가 보낸 하루는 영화 제목처럼 '멋진 하루'였다.

이야기 전개가 러브스토리로 흘러야 할 것만 같지만, 사랑과는 전혀 상관없는 관계였다. 당시의 나는 금방 사랑에 빠지는 성향 덕분에 무수히 많은 이들에게 마음을 쓰다가 상처받는, 호구 혹은 짝사랑 전문가로 활동 중이었다. 동아리 생활을 하는 동안 나와 누나 모두 서로에게 연애한다는 소식을 들려 준 적이 없다. 누나를 좋아하는 이들이 꽤 있었는데, 연애로 이어졌다는 소식은 듣지 못했다.

동아리 활동을 하면서 2년을 버텼지만, 쌓였던 학교생활에 대한 불만이 터지면서 자퇴를 결심했다. 동아리 사람들과의 연락도 뜸해졌다. 이렇게 그만둘 줄 알았으면 좀 더 빨리 그만두면 좋았을 텐데, 괜히 동아리가 발목 잡은 것 같다고 동아리 탓을 할 때가 많았다.

수능을 다시 보고 두 번째 신입생 생활에 적응할 때쯤, 오랜만에 전에 다니던 학교의 동아리 동기에게서 연락이 왔다. 누나가 아프다면서 같이 누나에게 가자고 했다. 나는 동아리 사람들에게 새로운 생활에 잘 적응한 모습을 보여 줄 생각에 들떴다. 살이 빠진 걸 극대화해서 보여 주려고 옷도 검은색으로 입었다.

　누나를 만나는 건 몇 년 만이었다. 동아리 사람 중에 제일 칭찬을 잘해 주던 사람이니 이번에도 칭찬을 들을 수 있겠지. 기대하는 마음으로 지하철역에서 사람들을 만났다. 다들 오랜만에 만났지만 함께한 시간이 있어서 그런지 어색하지 않았다. 잊히고 싶은 동시에 기억되고 싶은 마음은 만성질환 같다.

　"누나는 많이 아픈 거야?"

　누나의 상태에 대해 전혀 들은 바가 없기에 물었는데, 내 말에 다들 놀라는 눈치였다. 몇 명이 속닥거리더니 말을 꺼냈다.

　"우리 지금 장례식 가는 거야."

　장례식장은 조용했다. 검은색 옷을 입고 와서 다행이라

고 생각했다. 누나의 가족들은 고시원 방 두 개를 잡아서 함께 살고 있었다. 누나가 잘산다는 소문과 달리 왜 늘 아르바이트를 했는지 알게 됐다.

"아빠, 나 이제 몸 괜찮아지면 토익학원 다니려고."

누나의 마지막 말이었다고 한다. 누나가 아플 때 병문안을 갔던 선배들도 있다. 누가 봐도 아픈 게 느껴질 만큼 말라 있었다고 당시의 모습을 전했다. 누나의 구체적인 병명 같은 건 기억나지 않는다. 외할아버지 이후로 가까운 지인이 세상을 떠난 건 처음이었다.

그 이후로 꽤 오랜 시간이 지났다. 누나를 자주 떠올리진 않는다. 누나의 납골당도 가지 않았다. 가서는 안 될 것만 같다. 내게 누나의 마지막은 서울에서 함께 밥을 먹던 모습이고, 앞으로도 그러고 싶으니까.

지독하게 독한 방귀를 뀔 때면 누나가 떠오른다. 누나에게 고마웠던 순간이 많은데, 방귀 때문인지 미안하다는 말이 더 하고 싶다. 멋진 불꽃놀이, 술집에서 먹은 맛있는 안주, 영화 <멋진 하루> 대신 방귀로 누나를 떠올리는 게 미안하다. 배출되지 않는 기체처럼, 누나에 대한 기억이 마음 어딘가에 떠다닌다. 방귀로 기억된 사람은 영원히 잊을 수 없다.

'사랑하는 마누라'가 있는 곳

최근에 택시를 대체할 수 있는 다양한 서비스가 등장했다. 이와 관련해서 택시 업계는 파업 시위를 하기도 했다. 그러나 시민들의 반응은 냉랭하다. 내게 이 주제에 대해 묻는다면, 경쟁을 통해 서비스 질을 높여서 이용자의 만족도를 높이는 게 최선이라고 답할 거다.

야근 때문에 거의 매일 택시를 타던 때가 있었지만 지금은 몇 달에 한 번 탈까 말까 한다. 비싸다는 게 가장 큰 이유이고, 서울은 대중교통이 잘되어 있어서 버스나 지하철로도 충분하다. 택시를 탔는데 길까지 막히면 돈과 시간을 길에다

나만 이러고 사는 건 아니겠지

가 버리는, 그야말로 최악의 선택이 된다.

택시를 타면서 엄청나게 큰 불만을 가졌던 적은 없다. 말수가 적은 기사 아저씨를 만날 때가 가장 좋은데, 목적지에 도착할 때까지 자기 이야기를 계속하는 분들도 많다. 직장에 다닐 때는 조수석에 앉아서 기사 아저씨와 대화를 했다. 하지만 이제는 뒷자리에 앉는다. 뒷자리에 앉는 건 말을 걸지 말아 달라는 무언의 요청이다.

오늘 새벽에는 근처에 심야버스조차 다니지 않아서 어쩔 수 없이 택시를 탔다. 이수역 앞에서 어플로 택시를 부른다. 택시 어플에 뜬 기사의 얼굴을 본다. 그냥 택시를 잡기엔 불안해서 나름의 인증 절차를 거치는 거다. 설마 죽이기야 하겠어, 어플에 기록도 남을 텐데. 매 순간 최악을 상상하는 건 나의 오랜 습관이다.

"내비 찍고 가겠습니다."

기사 아저씨는 프로필 사진보다 나이가 많아 보인다. 아버지랑 동년배 정도 되는 것 같다. 뒷자리에 앉아서 핸드폰을 만지작거리다가, 어차피 하루 종일 보는 핸드폰이라 새벽의 동작대교를 본다. 운전을 안 해서 다리 이름을 잘 못 외우는데, 택시를 타고 자주 건너던 다리는 외운다. 야근이 일상이던 시절의 성수대교, 글쓰기 스터디가 늦게 끝날 때마다 건넜던 동작대교. 평생 토목 쪽에서 일한 아버지가 만든 다리 이름은 못 외워도 성수대교와 동작대교는 기억한다.

"서울은 이렇게 앞이 보이는데 수원 쪽은 아예 앞이 안 보일 정도로 미세먼지가 심해요."

기사 아저씨의 말이 대화를 시작하자는 신호인지, 내가 심심할까 봐 예의상 하는 말인지 알 수 없다. 눈치를 보기 시작한다. 아무 생각 없이 하는 말일 수도 있겠지. 기사 아저씨의 자녀는 내 또래일까. 결혼을 안 했을 수도 있잖아. 마음속으로 오지랖을 부린다. 눈동자를 바쁘게 굴려서 차 안에 가족사진이 걸려 있나 살피지만, 할증이 붙은 미터기의 숫자가 빠르게 올라가고 있다는 것 이외에는 알 수 있는 게 없다.

"오늘 서울 미세먼지가 파리의 8배라고 하더라고요."

아, 그래요. 짧게 추임새를 넣는다. 추임새를 넣으면서도 내 말이 형식적으로 들릴까 봐 걱정한다. 나의 첫 해외여행은 프랑스 파리였다. 기사 아저씨는 파리에 가 봤을까. 나의 아버지도 못 가봤으니 못 가 봤을 거로 추측한다. 부모님과 비슷한 연배의 사람을 보면, 부모님을 통해 그들의 삶을 유추한다.

"예전에 엄청나게 시위할 때 제가 오토바이 타고 배달 일을 했었어요."

말이 이어지는 걸 보니 내 눈에는 보이지 않는 대화창이 우리 사이에 켜진 것 같다. 딱히 대화를 하고 싶은 마음은 없지만, 그래도 추임새는 잊지 않는다. 그러셨어요, 신기하네요. 나의 모든 말은 끝이 마침표다. 기사 아저씨는 물음표로 응답하길 기대했을까. 물음표에는 기력이 많이 든다. 새벽 4시에 택시를 탔다는 건, 한 시간만 기다리면 첫차를 탈 수 있는데 그걸 포기할 만큼 기력이 없다는 뜻이다. 기사 아저씨에게 알려 주면 도움이 되려나.

"최루탄 터지고 하면 곤욕이거든요. 그래서 입구에서 작은 방독면 나눠 주면 그거 입에 대고, 안경 썼으니까 눈에는 랩을 쓰는데 그게 또 효과가 있더라고요. 사진 일이 사양산업이라 관두고 96년도부터는 택시 운전을 시작했어요."

자서전 집필을 위해 대필가에게 자신의 이야기를 풀어내듯, 개인의 역사를 말한다. 내가 글 쓰는 사람처럼 보이나. 면도를 안 해서 그런가. 머리는 감고 나왔는데. 취재하는 척 수첩을 꺼내면 반응이 좋을까.

"96년도에 처음 차를 샀는데, 오토바이만 타다가 차를 타니까 너무 좋더라고요. 사실 차는 깡통이거든요. 택시기사는 면세차량을 타서 제일 안 좋은 거로 타고 다녀요. 택시랑 일반 자가용이랑 같은 옵션이면 개인차량 가격이 떨어진다나."

"그러면 20년 전이랑 지금이랑 언제가 더 택시 하기 좋으세요?"

"당연히 20년 전이죠."

처음으로 질문을 던졌고 칼같이 돌아오는 답.

"제가 지금 매일 입금을 15만 원 해야 하는데, 20년 전보다 입금할 돈은 3배 늘었는데 월급은 2배 올랐어요. 그래서 요즘은 택시기사 보면 늙은 사람이 많아요. 젊은 사람들은 하면 답이 없어요."

천 원 단위까지 상세하게 금액을 알려 줬는데 기억이 잘 안 난다. 만원 단위 아래의 돈 때문에 고민하는 삶이지만, 기억 안에서는 쉽게 버린다.

"요즘 경쟁 서비스 많아져서 골치 아프겠어요."

"그렇죠. 시위하면서 사람도 몇 명 죽고 난리죠."

집에 거의 다 와서 기사 아저씨가 오래오래 이야기할 화두를 던진다. 마침 기사 아저씨의 핸드폰이 울려서 다른 콜인 줄 알았는데, 아내의 전화인 듯하다. 저장된 이름은 '사랑

나만 이러고 사는 건 아니겠지

하는 마누라'. 아저씨는 얼른 종료 버튼을 누른다. 통화해도 괜찮다고 말했어야 했나.

"기사님, 다음 횡단보도 앞에서 내려 주세요."

기사 아저씨의 말이 끝나지 않았지만 내려 달라고 한다. 이 기세라면 옆 동네까지 갈 것 같다. 안개인지 미세먼지인지 모를 뿌연 하늘에 찬 기운이 더해져서 제법 춥다. 외투에 달린 후드를 뒤집어쓴다.

집으로 걸어가는데 '사랑하는 마누라'의 전화에 종료 버튼을 누르는 손가락이 아른거린다. 가족을 위해 달리면서도, 달리는 동안에는 가족의 연락을 차단해야 하는 사람. 하루치 입금이 채워지길 바라며 달리는 사람.

앞으로는 택시 기사 파업이나 관련 일에 대해 함부로 일반화하진 못할 것 같다. 누군가를 위해 달리지만, 정작 달리는 동안에는 그 사람의 연락을 받지 못해 종료 버튼을 누르는 일은 내게도 일어날 테니까.

설명이
필요없는
순간

글을 쓸 때나 말을 할 때, 무엇인가를 설명하는 일은 무척 힘들다. 그런데 그 힘든 순간들이 늘어간다. 일을 하는 시간은 물론이고, 사람을 대하는 순간에서조차 설명이 늘어간다.

동네친구와 별 생각 없이 아이스크림 하나씩 입에 물고 몇 시간씩 산책을 하곤 했다. 설명이 필요 없는 사이였고, 각자 설명 필요한 순간들에 치여 살다가 소원해졌다.

설명하지 않아도 이어지던 순간의 감촉을 언제쯤 다시 만날 수 있을까.

나만 이러고 사는 건 아니겠지

학을
접습니다

카페에서 대화를 할 때면 영수증, 컵홀더, 휴지 등으로 학을 접는다. 크기별로 수십 마리가 탄생하기도 한다. 왜 손을 가만두지 않냐고 물으면 '정서불안'이라고 답한다. 아예 먼저 양해를 구하기도 한다.

"학을 접어도 될까요."

이젠 상대를 바라보면서 손의 감각에만 의존해 능숙하게 학을 접는다. 손으로 학을 만들고 머리로 상대방의 말을 곱씹는다. 말들이 학 모양으로 쌓인다. 난 아직까지 학보다 아름다운 새를 본 적이 없다.

학을 접을 때면 상대의 말을 재료 삼아 만드는 기분이다. 어떤 관계가 끝나면 학을 떠올린다. 이제 이 사람의 말을 들으면서 접을 일은 없겠구나.

보이지 않는 의미를 붙들고 싶어서, 당장 눈앞에서 뚝딱하고 만들어지는 학을 그리도 많이 접었던 걸까.

나만 이러고 사는 건 아니겠지

유기농 등의
맛

광순은 초등학교 정문 앞에 위치한 건물의 지하에 산다. 이
사를 할 당시 여러 선택지가 있었음에도 굳이 지하인 이곳을
선택한 건, 손자를 자주 보기 위해서다.

집 앞 초등학교에는 광순의 손자가 다닌다. 손자가 머무
는 시간은 찰나라, 광순은 하루의 대부분을 누워서 술을 마
시며 보낸다. 진로 소주만 마셨고, 안주는 담배였다. 손자는
어린 나이에도 외할아버지가 술을 너무 많이 마시는 게 걱정
이 되어서 술을 몰래 버리기도 했다. 한번은 유리병에 담아
둔 비싼 술을 버린 적이 있는데, 손자를 예뻐하는 광순은 그

마저도 귀엽게 여겼다. 가끔 가족들이 모인 자리에서 "이놈이 내 비싼 술을 몰래 버렸어"라고 말하며 웃었다. 광순은 술과 담배를 사랑했지만 속병 하나 없이 지내다가 세상을 떠났다. 나의 위와 간도 꽤 건강한 편인데, 아마 광순 덕분일 거다. 광순은 나의 외할아버지다.

나는 광순의 등을 좋아했다. 외할아버지의 등을 보면 든든했다는 식의 훈훈한 이야기면 좋겠지만, 그건 아니다. 말 그대로 '등'을 탐닉했다. 탐닉을 위해 내가 선택한 것은 '보다'나 '만지다'가 아니라 '빨다'였다. 왜 그랬는지는 모르겠다. 아마 엄마의 젖과 이별한 뒤로 나와 가장 가까운 사람이 광순이었기 때문이 아닐까. 늘 누워 있는 광순의 등을 뒤에서 바라볼 때가 많았으니까.

작은 혀 안에는 맛을 느끼는 구역들이 나뉘어 있다. 단맛을 느끼는 부분도 있고 신맛을 느끼는 부분도 존재하는데, 광순의 등에 혀를 갖다 대면 언제나 짠맛이 났다. 그게 신기했다. 늘 짠맛으로 반응하는 그 한결같음이, 광순의 등이 가진 가장 큰 매력이었다. 매일 습관처럼 이루어지는 등 빨기가 시작되면, 엄마는 불량식품을 먹는 나를 타박할 때의 표

나만 이러고 사는 건 아니겠지

정으로 변했다. 그러나 광순은 자신의 등을 빠는 손자에게
별말을 하지 않았다.

광순은 6·25전쟁 때 한쪽 다리를 잃었다. 밖에 나가는 것
을 싫어했고, 비가 오는 날에는 아픔에 밤새도록 뒤척였다.
집에만 있고, 화학성분이 함유된 바디샴푸 같은 것도 쓰지
않았으니 광순의 등은 유기농 그 자체였다. 지금 내가 가진
면역력의 대부분은 광순의 등에서 비롯되었음이 틀림없다.
술과 담배를 안 좋아하는 것도 이때 광순의 등을 통해 질리
도록 많이 흡수했기 때문이 아닐까.

나이를 먹을수록 나의 관심은 광순의 등에서 다른 것으
로 넘어갔다. 초등학교에 들어간 후로는 친구들과 친해지는
데 시간을 쓰고, 불량식품을 먹고 장난감을 갖는 데 혈안이
되었다. 광순은 더 이상 자신의 등에 관심 없는 손자에게 매
일 천 원씩 용돈을 주기 시작했다. 나는 그 돈으로 열심히 불
량식품을 사 먹고 배탈이 나거나 금방 부서지는 싸구려 장
난감을 샀다. 초등학교 고학년이 된 이후로는 친구들과 노느
라 학교 바로 앞에 있는 광순을 보는 걸 귀찮게 여겼다. 광순
은 짧게 머무는 손자에게 말 대신 천 원짜리를 건넸고, 나는
ATM 기계를 대하듯 그걸 당연하게 생각했다.

어느 날의 기억은 꽤 또렷하다. 초등학교 6학년이 되어 맞이한 봄, 광순은 나를 앞에 앉힌다. 사춘기를 향해 폭주 기관차처럼 달리던 손자는 평소에 귀찮게 하지 않던 광순의 이 같은 행동이 의아하다. 누워 있는 광순의 쭈글쭈글하고 검은 얼굴이 꼭 대추 같다. 대추에 묻은 모래처럼 광순의 두 눈에 눈곱이 가득하다. 아무리 힘들어도 열심히 씻는 광순인데 왜 눈곱이 가득할까. 나는 손을 뻗어서 광순의 눈곱을 뗀다. 지저분한 눈곱이 사라지는 걸 보는 것만으로도 상쾌할 것 같아서 거침없이 뗀다. 눈곱이 사라진 자리에 눈물이 맺혀 있다. 바위를 치운 뒤에 드러나는 물웅덩이 같다.

광순이 내 손을 잡는다. 그 손에서 천 원짜리를 낚아채기 바빴기에, 오랜만에 잡아보는 손이다. 새삼스레 왜 이러는 걸까. 손을 잡고 나서 뚫어질 듯 나를 쳐다본다. 광순의 눈동자 안에 내가 보인다. 내가 뛰어들어도 될 만큼 깊은 수심을 자랑하는 눈동자다. 말 한마디 없이 계속 바라보니 부담스럽다. 몇 달 전에는 젊을 때 사진을 보여 주면서 "이렇게 잘생겼었는데 너희 키우느라 늙었다"고 농담처럼 말했는데, 차라리 그런 말이라도 하면 좋겠다. 광순의 다리를 빼앗은 건 나다. 광순은 같은 나라에 사는 이들을 지키느라 다리를 잃었고,

나만 이러고 사는 건 아니겠지

그 안에는 자신의 아내, 딸, 훗날 태어날 손자인 나도 포함되어 있었을 테니까.

그날이 마지막이었다. 며칠 뒤에 광순은 세상을 떠났다. 지금도 누군가 말없이 내 얼굴을 뚫어질 듯 쳐다보면 불안하다. 광순이 내게 그랬던 것처럼, 그게 마지막을 위해 치르는 의식인 것만 같아서. 화장터에서 불 속으로 들어가는 광순의 얼굴은 천장을 향해 있었다. 그 순간에도 나는 광순의 등을 떠올렸다. 내가 서 있는 대지가 전부 광순의 등처럼 느껴졌다. 이 땅 위 어디에다가 혀를 대도 짠맛이 날 것만 같았다. 광순의 등이 가진 맛을 나만 알고 있다는 사실에 우쭐해지기도 했다.

광순의 손자는 이제 서른이 넘었다. 광순이 살아 있었다면 회사도 안 다니고 결혼도 안 한 내게 어떤 말을 했을까. 광순은 자신의 딸과 사위가 싸울 때면 현명하게 조언해 줬고, 대학을 나오지 않았지만 손자의 수학 숙제를 단숨에 풀 만큼 똑똑했다. 그래서 손자는 힘든 순간마다 광순을 떠올린다. 부모님이 싸우거나 혼자 풀 수 없는 문제와 마주할 때 광순을 떠올린다.

광순은 꿈에서조차 잘 등장하지 않는다. 혹시라도 자신이 꿈속에서 손자를 데려가고 싶어질까 봐, 아무리 손자가 보고 싶어도 나타나지 않을 사람이다.

한결같은 줄 알았던 많은 것들이 바뀐다. 엄마의 손맛도 바뀌고, 영원히 내 편일 것 같던 연인의 마음도 바뀐다. 내 삶에서 변하지 않는 건 광순의 등뿐이다. 꿈에서라도 내 등에 광순을 업고 이야기하고 싶다. 광순이 사라져도, 내가 발 디딜 수 있는 이 세상은 결국 광순의 등처럼 느껴진다고. 그러니 내가 보고 싶으면 참지 말고 찾아오기. 좋아하는 술과 담배를 실컷 하느라 냄새 난 등도 나는 거침없이 빨 준비가 되어 있으니까. 유기농 등의 맛은 잊을 수 없으니까. 광순이 만들어 준 세상의 맛처럼.

나만 이러고 사는 건 아니겠지

감정이
이룬
말들

편지에 "당신은 크으으으은 사람"이라는 표현을 쓰는 사람이
있었다. 그 표현이 좋아서 흉내 내려고 한 적이 있다. 그동안
받은 편지들에서 좋았던 표현을 모조리 모아 내 것인듯 써
보기도 했다.

　어떤 말은 뱉기까지 반드시 채워야 하는 감정의 양이 정
해진 듯하다. 할당량을 채우지 못하면 공허한 말이 된다. 편
지에 글자를 채우는 건 몇 분 만에 뚝딱해 낼 수 있지만, 감정
을 채우려면 꽤 긴 시간이 걸린다.

　차오르는 감정 때문에 뭐라도 해야겠어서 써 내려간 편

지는 언제가 마지막이었나. 모아 둔 편지지가 꽤 많다. 저 종
이를 채울 감정을 쌓는 건 가능할까.

첫사랑을
묻는다면,
장만옥입니다

고등학교 1학년 때였다. 그 시절엔 별 생각 없이 앉아 케이블 채널에서 방영하는 영화를 보곤 했다. 그날도 영화를 보고 있었다. 영화에 딱히 관심이 없던 시절이었지만 영화 속 남자가 유덕화라는 것쯤은 알고 있었다. 상대배우는 임청하였다. 멋진 배우라고 느꼈고, 검색을 통해 그녀의 다른 출연작 중 한 편을 찾아보았다. 왕가위 감독의 <중경삼림>. 누군가 내게 '인생 영화'를 물으면 단숨에 말하는 영화이자 수도 없이 많이 본 영화인 "중경삼림"을 이때 처음 보았다.

    <중경삼림>에 나오는 임청하 혹은 왕비가 나의 첫사랑

이라고 해야 할 것 같은 맥락이지만, 누군가 첫사랑을 묻는다면 '장만옥'이라고 답할 수밖에 없다. 나의 영화지도를 그려 보면 그 시작점은 왕가위 감독의 영화이고, 지도 위에 세계유산처럼 가장 우뚝 솟아 있는 사람은 장만옥이다. 영화의 시작이 그녀인지 사랑의 시작이 그녀인지는 많은 고민이 필요할 것 같다.

왕가위 감독의 영화 속에서 그녀는 주로 기다린다. 아니, 그녀의 필모그래피를 채우는 작품들 속에서 그녀는 대부분 기다리거나 슬퍼한다. 기뻐하는 그녀의 얼굴은 소모적인 역할로 주로 등장했던 그녀의 초기작들에서나 볼 수 있다. 그녀가 국제적으로 인정받기 시작한 것은 왕가위 감독의 <열혈남아>, <아비정전>, 관금붕 감독의 <완령옥> 등에서 웃지 않는 역할을 시작하면서부터이다.

<화양연화>로 그녀를 기억하는 사람들이 많지만 내겐 <첨밀밀> 속 그녀가 가장 기억에 남는다. 인생에 불쑥불쑥 예고 없이 등장하는 우연의 순간마다 기뻐해야 할지 슬퍼해야 할지 망설이던 그녀의 표정이 선명하다. 그런 그녀의 표정을 보면서 나 또한 어떤 표정으로 반응해야 할지 망설였던 것 같다. 생각해 보면 사춘기 내내 나 또한 나의 감정과 상황

앞에서 어떤 표정을 지을지 망설였다. 그녀가 짓던 그 표정을 짓기 위해서는 마음속 어떤 근육이 움직여야 할지 알 것만 같았다.

학교에서 제2외국어를 선택하라고 했을 때 중국어를 선택했다. "독일어가 싫어서"라고 친구들에게 말했다. 그렇게 말한 혀의 뒤편에 그녀가 영화 안에서 했던 대사들을 숨겨두었다. 대부분은 기다림에 대한 말들이었다. 중국어를 공부하는 내내 그녀를 떠올릴 수밖에 없었다. 이 언어가 그녀와 나 사이의 거리를 좁혀 준다고 생각하며 성조를 연습했다. 중국어 수업이 끝나고 나면 중국어 실력보다 그녀에 대한 생각이 늘어 있었다.

이제 중국어는 '니취팔러마' 말고는 기억도 잘 안 나지만, 여전히 그녀의 영화를 본다. 내 마음에도 몸에도 그녀로부터 영향을 받은 부분이 존재한다. 그녀의 표정을 더 잘 알고 싶어서 흉내 내느라 발달한 얼굴의 근육, 매번 특기란에 적는 '기다림', 웃는 그녀를 보고 싶은 마음. 내가 그녀에게 접속할 수 있는 방법은 영화뿐이기에 그녀의 이름을 구글링하는 대신에 영화를 본다.

그녀에게 배운 기다림으로, 기뻐하는 그녀의 모습을 기다리고 있다. 다음 작품에서는 그녀가 많이 웃었으면 좋겠다.

그녀가 웃었으면 좋겠다고 생각해 버렸다. 그러므로 첫 사랑을 묻는다면, 장만옥입니다.

나만 이러고 사는 건 아니겠지

이제는 약속해
소중히 간직해

텔레비전을 보던 아버지가 묻는다.

"쟤들은 누구냐."

아이돌이다.

"아버지, 저는 아이돌을 잘 모릅니다."

능숙하게 답하고 방으로 들어온다.

방금 나왔던 아이돌의 이름은 '프로미스나인'이다. 좋아
하는 이를 모른 척하는 건 슬픈 일이다. 태어나서 처음으로
아이돌을 좋아하게 됐다.

프로미스나인은 엠넷의 '아이돌학교'라는 프로그램을 통

해 탄생한 아이돌 그룹이다. 하루 종일 표정 없이 지내다가, 자기 전에 프로미스나인의 영상을 보면서 웃는다. 프로미스나인의 영상을 보는 모습을 엄마에게 들킨 적이 있는데, 마치 봐서는 안 될 걸 보다가 들킨 기분이었다. 서른 넘은 아들이 아이돌 영상을 챙겨 보는 걸 보면서 엄마는 어떤 생각을 했을까. 아들의 이런 꼴을 보려고 열심히 절에 가서 기도하는 게 아닐 텐데, 엄마의 후회와 상관없이 철없는 아들은 프로미스나인을 보며 극락세계에 온 듯한 기분을 느낀다.

아버지가 거실을 독점한 이후로 텔레비전을 볼 수 없게 됐고, 본 방송을 챙겨 보는 건 불가능해졌다. 그래서 핸드폰으로 프로미스나인의 무대를 챙겨 본다.

"이제는 약속해 소중히 간직해."

프로미스나인의 소개 멘트다. 약속을 소중히 간직하다니, 아름다운 말이다. 아름다운 말이므로 따라 해 본다. 엄마가 절에서 '나무아미타불 관세음보살'을 읊조릴 시간에 프로미스나인의 소개 멘트를 주문처럼 곱씹는다. 프로미스나인을 좋아하겠다고 스스로와 약속하고, 그 약속을 소중히 여기겠다고 마음먹는다. 이건 분명 사랑이다.

프로미스나인을 보게 된 건, 인간관계가 정리될 때쯤이

나만 이러고 사는 건 아니겠지

었다. 손을 놓으면 금방이라도 끊어질 관계에 애정을 쏟는 일을 그만뒀다. 어쩌면 애초부터 이어진 적이 없는, 나 혼자 붙들고 있던 인연들. 만나지 못할 연예인보다 지금 당장 만날 수 있는 이들에게 집중하는 현실주의자의 삶에 아이돌이 들어왔다.

만나지도 못할 사람을 왜 좋아하는지 의아했는데, 정작 아이돌을 좋아하게 된 이유는 내가 그들을 만날 수 없기 때문이다. 그 한계 때문에 오히려 더 속 편히 사랑하게 됐다. 내가 주는 애정만큼 애정을 받지 못한다고 화낼 일도 없다. 시작부터 팬과 아이돌 사이의 먼 거리를 인정하고, 혼자서 속 편히 애정을 쏟는다. "팬 여러분 사랑해요"라는 한마디면 충분하다. CD를 사고, 자는 동안에도 스트리밍 서비스로 곡을 재생해서 음원 성적을 높이고, 'V앱'에 영상이 뜨면 하트를 누르고, 음악방송 1위 후보에 오르면 투표를 한다. 상처받지 않고 사랑 중이고, 소유하지 못해도 존재만으로도 고마움을 느낀다.

프로미스나인에 대한 사랑의 시작은 우연이었지만, 운명이라고 우기고 싶다. 우연히 본 '프로듀스48'이라는 서바이벌 프로그램에서 프로미스나인의 멤버 '장규리'를 봤다. 97년생이라는 어린 나이에 '아이돌학교'와 '프로듀스48'까지, 서바이벌 프로그램에 두 번이나 출연해서 치열하게 경쟁했다는 것에 측은지심이 발동했다. 뒤늦게 아이돌학교 영상까지 다 찾아보며, 프로미스나인의 팬이 되었다. 푼돈을 버는 내 인생이 더 측은하지만, 사랑에 빠지면 상대에 집중하느라 자신을 잊는다.

프로듀스48의 장규리는 이미 서바이벌 프로그램에 출연한 적이 있어서인지, 다른 이들보다 능숙해 보였다. 그 능숙함이 슬펐다. 내가 삶에서 가진 능숙함은 대부분 이전의 실패 뒤에 왔기 때문이다. 지방대를 다니다가 자퇴 후 수능을 다시 봐서 들어간 대학교, 자퇴와 함께 ROTC를 그만두고 몇 년 뒤에 입대한 기억 등이 떠올랐다. 두 번째 출연으로 능숙하게 춤과 노래를 뽐내는 장규리처럼, 나 또한 두 번째 대학과 두 번째 훈련소에서 더 능숙했다. 처음부터 잘되면 좋을 텐데, 그런 경우는 드물다. 프리랜서로 지내는 지금도 불안하다. 뭔가 도전할 때마다 두 번째가 더 잘될 것만 같은 기분. 이런 징크스를 파괴해야 한다. 단숨에 잘되면 좋겠다, 나도 프로미스나인도.

프로미스나인을 응원하다 보면, 어느새 그 응원의 울림

이 무대 위 프로미스나인을 넘어 내게 돌아오는 걸 느낀다. 그들에 대한 응원이 곧 나에 대한 응원이기 때문이다. 존재 자체로 고맙다는 응원은 내가 나에게 하고 싶었던 말이기도 하니까. 아이돌을 핑계로 나 자신에게 응원을 보내는 걸지도 모르겠다.

"이제는 약속해 소중히 간직해."

프로미스나인도, 나도 잘될 거라고, 그 마음을 간직한다.

토종 순대만큼의
온기

에필로그를 쓰는 지금, 다시 회사원이 되었다. 500일 만에 회사로 돌아갔다. 프리랜서 생활을 하면서 회사로 다시 돌아가서는 안 될 이유를 잔뜩 만들었다. 회사로 돌아가는, 패잔병 같은 선택을 하지 말자고 다짐했으나 결국 회사로 돌아왔다. 이유는 간단하다. 지쳤기 때문이다. 다시 회사로 돌아가기로 마음먹은 뒤로는 빠르게 합리화를 시작했다. 이게 옳은 선택일 거라고. 지난 시간이 잘못되었다는 생각 대신 지난 시간 덕분에 좀 더 나은 선택을 하게 되었다고 믿으며 회사로 돌아왔다.

입사한 지 몇 달이 지난 지금도 회사 적응에 힘쓰고 있다. '스타트업'과 '프리랜서'는 꽤 있어 보이는 단어라고 믿고 나를 설명하는 수식어로 사용해 왔지만, 이제는 그와는 거리가 먼 회사에 다닌다. 나 혼자 모든 걸 짊어지기보다 많은 이들과 협업을 해야 하고, 큰 조직 안에서 톱니바퀴처럼 일해야 하는 곳. '있어 보이는' 건 이전보다 덜할지 모르지만, 이게 나한테 더 맞는 옷일지도 모른다. 삶은 전혀 특별하지 않고 사실 굉장히 평범하니까.

회사에 돌아왔고 이제 책이 나온다. 엄마에게는 책이 나왔다고 이야기할 수 없을 거다. 부모님에게는 탐탁지 않게 느껴질 글이 꽤 많이 담겨 있다. 내게 트라우마를 안겨 준 직장 상사들에게도 들키고 싶지 않은 이야기들이 대부분이다. 솔직하게 쓴 이야기인데 들키면 안 된다니, 솔직함은 해

로운 걸까.

　글을 쓰는 동안 가족에 대한 생각이 바뀌진 않았다. 여전히 내게 가족은 아랫배 같다. 아버지처럼 늘 넉넉한 지방으로 구성되어 있고, 엄마처럼 여린 구석이 있어서 말랑말랑하고, 동생을 닮아서 그 모습이 우울하다. 확실한 건 이 책은 가족에게 빚을 지고 있다는 거다. 이 책을 가족에게 들키는 날, 부모님은 자신의 도장으로 몰래 보증을 선 도망간 아들을 본 듯 놀랄 거다. 도망갔으면 잘되기라도 해야 할 텐데, 결과가 어떨지는 나도 확신할 수 없다.

　책이 얼마나 팔리면 좋겠냐고 묻는다면, 부모님이랑 순대국밥을 먹을 때 토종 순대 한 그릇 더 시킬 정도의 여윳

　　　　　　　　　나만 이러고 사는 건 아니겠지

돈이 생길 만큼이라고 답하겠다. 부모님에게 책에 대해서는 말할 수 없지만, 순대 한 그릇 정도의 효도는 하고 싶다. 부모님의 하루 세 끼를 책임질 만한 능력은 없어도 덤으로 딸려 오는 요리처럼 기분 좋게 만들 정도의 힘은 있었으면 좋겠다. 부모님을 기분 좋게 만드는 토종 순대 그릇처럼, 그 정도 그릇은 되고 싶다. 이 책도, 내 능력도 그 정도 크기면 만족할 수 있을 것 같다.

"여기, 토종 순대 하나 더 주세요."

엄마는 놀랄 거다. 얘가 왜 갑자기 이런 걸 시키냐고. 엄마, 나 이 정도는 할 수 있게 됐어. 엄마가 내 삶에 불어넣은 온기 마냥, 토종 순대가 엄마의 입 안에 온기를 채운다. 내 책이 가진 온기가 더도 말고 그 정도만 되어 주기를.

나만 이러고 사는 건 아니겠지

나만 이러고 사는 건 아니겠지

초판 1쇄 인쇄 2020년 11월 26일
초판 1쇄 발행 2020년 12월 10일

글 김승
펴낸이 홍지애
펴낸곳 꿈꾸는인생
주소 서울 마포구 월드컵북로 400 2층
전화 070-4046-2371
팩스 02-6008-4874
이메일 lifewithdream@naver.com

ⓒ 꿈꾸는인생, 2020

ISBN 979-11-91018-02-8 (03810)

• 이 도서의 국립중앙도서관 출판예정도서목록(CIP)은 서지정보유통지원시스템(http://seoji.nl.go.kr)과
  국가자료종합목록 구축시스템(http://kolis-net.nl.go.kr)에서 이용하실 수 있습니다.
  (CIP제어번호 : CIP2020048766)